GENTE POBRE

Fiodor Dostoievski

GENTE POBRE

Romance

Tradução, apresentação e notas

Luís Avelima

LetraSelvagem

Grafia atualizada segundo o Acordo Ortográfico da Língua Portuguesa de 1990, que entrou em vigor no Brasil em 2009.

Título original: Biédnie Liúdi
Tradução (diretamente do original russo) e notas: Luís Avelima
Coordenação editorial: Nicodemos Sena
Editora executiva: Marli Perim
Designer editorial (miolo): Cesar Neves Filho
Capa: James Cabral Valdana
Gravura da capa: Arnaldo Eliak
Preparação e revisão: Nicodemos Sena
Representante comercial: Marcelo Nogueira

O logotipo LetraSelvagem *foi idealizado a partir de cerâmica Aruak, padrões utilizados nas bordas dos vasos, compilados por Koch-Grünberg em 1910.*

Dados Internacionais de Catalogação na Publicação (CIP)
Angélica Ilácqua - CRB-8/7057

Dostoiévski, Fiodor, 1821-1881.
Gente Pobre / Fiodor Dostoiévski; tradução, apresentação e notas: Luís Avelima.
2ª ed. - Taubaté, SP: Letra Selvagem, 2025.
216 p.

ISBN 978-65-89841-38-8

Tradução de: Biédnie Liúdi
1. Literatura russa –Romance. I. Avelima, Luís.
II. Título. III. Série CDD –890

Rua Cônego Almeida, 113 - Centro - Taubaté-SP/Brasil
CEP 12.080-260. Telefone: (55) (12) 99203-3836
editoraelivrarialetraselvagem@gmail.com / www.letraselvagem.com.br

ANOTAÇÕES DO TRADUTOR

Referindo-se ao imperador Carlos V, que aconselhava a falar com Deus em espanhol, com os amigos em francês, com os inimigos em alemão, e com as damas em italiano, o escritor russo Mikhail Lomonosov rebateu: "se Carlos V soubesse a língua russa, diria, certamente, que em russo se pode falar com todos: com Deus, com os amigos, com os inimigos e com as damas, porque na língua russa há a majestade do espanhol, a vivacidade do francês, a força do alemão, a leveza do italiano e, além disso, a riqueza, a expressividade e a concisão do latim e do grego". Lomonosov entende que de todas as línguas eslavas o russo aparece como o mais rico de seus dialetos, além do que é das poucas línguas que conhece a sua origem.

A história do idioma começa com os irmãos Cirilo (827-869) e Metódio (826-885). Cirilo já é teólogo e linguista quando, aos vinte e quatro anos de idade, aceita a tarefa que lhe encarrega o imperador de Bizâncio Miguel III, de auxiliar na conversão dos povos eslavos ao cristianismo. Ao longo de vinte anos Cirilo e Metódio procuram compreender as diferenças existentes entre sua língua materna e a língua de sua religião, criando um novo alfabeto. Assim, codificado para facilitar a evangelização das populações eslavas, o alfabeto é construído a partir de um dialeto búlgaro que, mesmo distanciado do oral, a maioria dos eslavos compreende. Esse dialeto torna-se o eslavônio, língua litúrgica para a redação de crônicas, mas vai sendo progressivamente alterado pela língua falada. Os escritos em eslavônio se multiplicam, primeiramente aparecem as traduções de obras religiosas (liturgias, sermões, vidas de santos), depois obras como *Narração dos tempos antigos* (chamado também de *Crônica de Nestor* ou *Primeira crônica*), que relata a história dos povos eslavos até o início do século XII.

As várias lutas que o país enfrenta, assolado pela ocupação mongol do século XIII ao XV, limitam o desenvolvimento da literatura russa, pois a que se mantém relata essencialmente os feitos da ocupação mongol (às vezes interpretada como castigo divino infligido aos russos por seus pecados). A Rússia se isola dos grandes movimentos do pensamento que irão marcar o Ocidente, como a Renascença e a Reforma.

As reformas levadas a cabo por Pedro o Grande (1672-1785) no início do século XIII favorecem o desenvolvimento da literatura. O cuidado tido com a instrução e o desenvolvimento das ciências implica a tradução e a publicação de várias obras ocidentais que levam a literatura laica a superar a da Igreja. A partir daí ela se abre às ideias das luzes e aos temas e gêneros clássicos. O próprio Pedro traduz obras do francês, do neerlandês, do alemão e do inglês.

Seguindo o impulso de Pedro, já em meados do século XVIII poucas literaturas europeias haviam produzido tantos talentos e se esmerado tanto na produção de obras como a Rússia, basta observar que em 1823 o *Dicionário Bibliográfico* dá conta de que treze mil obras haviam sido publicadas.

Autores como Antioch Kantemir, Vassily Trediakovski e Mikhail Lomonosov formam a primeira onda literária russa no início do século XVIII. Em poesia, Derjavine; na prosa, Karamzin e Radichtchev; no teatro, Soumarokov e Fronvizine desbravam os gêneros literários, naquele instante inexistentes. Kantemir (1708-1744), fervoroso defensor das reformas, é o primeiro a importar para a Rússia autores clássicos (Boileau, Horácio, entre outros) usando o eslavônio, misturando termos estrangeiros e expressões populares. Da mesma forma, Soumarokov (1718-1777), que traduz comédias e adapta clássicos de Voltaire e Molière.

Paralelamente a essas adaptações formais, a própria língua sofre profundas transformações: uma nova língua profana é progressivamente elaborada, distinta do eslavônio. Assim, distanciando-se da simples cópia, Tedriakovski (1703-1769) é um dos primeiros a refletir sobre a língua russa, e publica em 1735 o *Novo e conciso método de composição de poesias russas*. Depois, o cientista Mikhail Lomonosov (1711-1765) funda a literatura russa moderna ao assentar as normas que terão de reger o bom gosto do russo literário, contribuindo na evolução dessas discussões, harmonizando e fixando regras. Mais que seus escritos, deve-se a ele a primeira gramática da língua russa.

Nikolai Karamzin (1766-1826) reformou a língua literária introduzindo muitos galicismos e suprimindo elementos eslavônios, abrindo uma verdadeira distância entre o russo culto e o popular. Graças a ele a novela sentimental russa desenvolve-se a partir do século XVIII. Suas obras destacadas são *Pobre Liza* (*Bednaya Liza*, a primeira novela sentimental na literatura russa), de 1792, *As cartas de um viajante russo* (Pisma russkogo puteshestvennika) de 1791-1792; e a *História do Estado Russo* (Istoriya gosudarstva Rossiyskogo), 1816-1825, onde pela primeira vez se procura fazer a história do país com o rigor crítico e o método da historiografia científica.

As comédias de Fonvizine (1745-1792) levam-no a ser considerado o primeiro autor desse gênero na literatura russa, mais por seu domínio do verso e sua sonoridade do que pela originalidade de seu pensamento ou estilo; Gavril Derjavine (1747-1816) com *Ode sobre a morte do príncipe Mechtcherski, Grande Senhor* e *Ode a Felitz*, também pode ser considerado o primeiro poeta da literatura russa.

Na aurora do século XIX, a literatura se apresenta com uma língua autenticamente nacional, capaz de transcrever seus pensamentos e sofrimentos expressos no romantismo e no sentimentalismo nascente. A partir de meados do século XIX, o romance progressivamente supera todos os outros gêneros, tanto pelo numero como pela quantidade de obras. Além da aparição de bons autores, esse fenômeno se explica em parte pelo impacto do realismo sobre a literatura russa. Certamente os outros gêneros, mais visivelmente a poesia, parecem menos aptos a veicular uma didática política ou social. Desse modo, a poesia conhece um período de relativo silêncio antes de sua renovação levada a cabo pelos simbolistas. Do mesmo modo, a hegemonia do romance não permitirá que alguns autores da cena teatral inscrevam seu nome no panteão da literatura russa, entre os quais Ostrovski (1823-1886), que ofereceu ao teatro um dos dramas que honram a cena russa (*A tempestade*).

O realismo russo se distingue claramente do realismo da literatura francesa. É mais marcado pelo utilitarismo, pois os escritores são chamados a se associar aos grandes movimentos ideológicos do século. O romance realista russo toma então o lugar de expressão de posicionamentos ideológicos.

Os primeiros autores russos a se inscreverem na linhagem dos realistas o farão de uma forma que se pode qualificar de contemplativa. Mais observadores que críticos, mais cronistas e jornalistas do que escritores, eles oferecerão à literatura russa magníficas descrições dos usos e costumes de então.

Aksakov (1791-1859) tem o olhar para uma natureza generosa, evocando o mundo da pesca e da caça; Gontcharov (1812-1891) dará atenção às questões sociológicas e etnográficas. Turgueniev (1818-1883) aparece como o primeiro autor de renome entre os realistas militantes. Fervoroso ocidentalista, embaixador da literatura russa na França, onde viveu durante três anos, dá as mais belas descrições da Rússia e de seus homens (*Memórias de um caçador*). Ele posiciona-se diante das grandes questões que agitam a sociedade russa, mas há uma questão: é mais um autor lírico do que realmente político, e seus escritos "forçados" aparecem com uma qualidade inferior. Pissemski (1820-1861) em seu romance *Mil almas*, denuncia a imoralidade das classes dirigentes; Ouspénski e Sleptov deixam na literatura retratos de pessoas ignaras, selvagens, ladrões e alcoólatras destruídos pela miséria. Gleb Ouspénski (1843-1902), mais jornalista que artista, expõe a decadência da vida urbana, sua miséria e prostituição.

A vida literária da primeira metade do século XIX é animada e vária; a sociedade está profundamente influenciada pelas guerras napoleônicas e pela vitória da Rússia na primeira Guerra Patriótica de 1812; as amplas camadas da população experimentam o auge do patriotismo e interessam-se pelas ideias da revolução francesa. Nesta época aparecem diversas revistas políticas e literárias como *O Mensageiro da Europa* (Karamzin), *A Estrela Polar* (Rileyev), *O Contemporâneo* (Pushkin) e, um pouco mais tarde, *O Telégrafo de Moscou* (Polevoi), *O Telescópio* (Nadezhdin), etc.

O romantismo desenvolve-se de duas maneiras diferentes: o suposto romantismo progressivo representado por Kondrati Rileyev, Wilhelm Küchelbecker, Aleksandr Bestúzhev (Marlinski), Odoiévski, Nikolai Yaikov, Dmitri Venevitinov e Yevgeni Baratinski, e o romantismo passivo ou tradicional, representado pelas obras de Vasili Zhukovski. Assim mesmo, há uma autêntica luta entre eslavófilos e ocidentalistas. Vissarión Bielínski (1810-1848), que também pode ser considerado um dos pais da literatura russa moderna é, além de grande crítico literário, um eslavófilo reacionário, mas logo se afasta pela influência do hegelianismo, embora não se liberte de todo das ideias de Johann Herder (1744-1803). O precursor do romance é Vasily Narezhny (1780-1825) com o livro *O russo Gil Blas* (1814). Narezhny é um jovem escritor, de estilo realista, mas desprovido de arte, diferente de Aleksandr Bestúzhev (1801-1837), um dos conjurados de 1825, que se distingue por suas figuras de retórica, de comparações e de metáforas. Nessa época a Rússia (como o resto da Europa) está claramente sob a influência do escocês Walter Scott (1771-1832), criador do chamado romance histórico: todos querem imitá-lo e aplicar à forma do romance os acontecimentos históricos do seu país. Faddej Bulgarin (1789-1859), o famoso folhetinista, publica romances históricos e o romance humorístico *Ivan Vyzhigin*. Este escritor fecundo, que tem tanta facilidade no estilo, é muito impopular entre as classes elevadas da sociedade, enquanto é apreciado pela massa do público. Outros escritores também compõem romances históricos de mérito suficiente para que aspirem por um lugar naquele ramo da literatura russa. Em 1829, por exemplo, surge *Ivan Miloslavsky ou Os russos em 1612*, romance célebre de Mikhail Zagoskin (1789-1852). Este escritor é unanimemente proclamado o Walter Scott russo e mostra em oito romances históricos as diversas classes do povo russo numa determinada época. Traça um quadro fiel dos costumes da sociedade contemporânea em sua obra *Moscou e os moscovitas*, mas sua obra-prima é mesmo a que lhe serviu de estreia: *Miloslavsky*.

Vasily Zhukovski (1790-1852), um dos fundadores do romantismo russo, tradutor da *Odisséia* e de obras de Schiller e Byron, escreve com talento e, junto com Karamzin, consegue um alto grau de popularidade. Muitas lágrimas são derramadas à leitura de *Pobre Liza* de Karamzin e de *Bosque de Maria* de Zhukovsky. Nessa mesma época um jovem autor chamado Alexandre Benitzky (1780-1809), cuja morte prematura é muito sentida, publica algumas novelas, entre as quais *Beduíno*.

Como se lê, os costumes e as ideias do povo russo foram habilmente reproduzidos na literatura, e não se pode esquecer também escritores que contam a vida dos camponeses da Grande Rússia ou dos aldeães da Ucrânia como Ivan Kokorev (1825-1853); as narrações fantásticas do príncipe Vladimir Odoievsky (1803-1869) e os romances de Alexander Veltman (1800-1870). O. Senkóvsky (1800-1858) é reconhecido usando o pseudônimo de *Barão*

Brambéus, por seus escritos sarcásticos, cheios de trocadilhos e enigmas sempre picantes e engraçados. Dois escritores de talento, Nikolai Pavlov (1803-1864) e o conde Vladimir Sollogúb (1813-1882), limitam-se a mostrar a vida das camadas superiores da sociedade, no que conseguem bom êxito. Pavlov, autor do *Iatagan* (punhal turco), foi o novelista da moda, graças ao brilho do seu estilo e ao perfeito conhecimento dos homens; já o conde Sollogúb, autor do *Tarantas* (carruagem russa) e de tantas outras novelas, distingue-se por retratos traçados com habilidade e por uma certa união da vivacidade com a melancolia.

Aleksandr Pushkin é considerado o pai da poesia russa, mas também é autor de novelas primorosas como os *Contos de Belkin* onde revela um sentimento vivo do gênio nacional e dos costumes populares da Rússia. O sucessor de Pushkin, Mikhail Lermontov (1814-1841), escreve em prosa e tão bem que para Gógol "até hoje ninguém entre nós escreveu uma prosa tão correta, tão bela, tão harmoniosa como Lermontov." É dele a obra *Herói do nosso tempo.*

Gógol talvez seja o escritor que exerce maior influência sobre a sociedade russa: à sua escola, que sucede a idealista de Pushkin, pertence a grande maioria dos escritores que honram a Rússia, e que fazem do romance e da novela a parte dominante da literatura contemporânea do país. Grande parte de suas obras é antológica, como é o caso do conto "O capote". E o primeiro homem de talento que segue os traços de Gógol é Dostoievski.

Fiodor Dostoievski

Fiodor Mikhailovitch Dostoievski nasce em Moscou em 30 de outubro de 1821, no Hospital Marinski, mesma década em que a Rússia cai nãos mãos de um dos seus maiores déspotas – o czar Nicolau I –, que se isola do resto da Europa, instaura um governo absolutista, tenta eliminar qualquer movimento nacionalista, busca perpetuar os privilégios da aristocracia e impede o avanço do liberalismo.

Filho de Mikhail Dostoievski, médico militar, e de Maria Fiedorovna Netchaiev, oriunda de uma família burguesa. Criado no mesmo sistema das famílias da classe média da Europa ocidental do século XIX, aos doze anos Dostoievski começa seus estudos preparatórios com particulares, antes de ingressar na escola de Chermak, onde se cultivam principalmente os estudos literários. Em 1837 perde sua mãe e no ano seguinte presta exames e entra na Academia Militar de Engenharia de São Petersburgo. A vida militar é rígida e sem atrativos, restando-lhe a leitura. Lê intensamente autores como Pushkin, Lermontov, Odoievski, Byron, Walter Scott, Victor Hugo, Hoffmann, Shakespeare. É quando começam a aparecer seus dotes de narrador. Em 1844 se despede da carreira militar, recebe a notícia da morte de seu pai, assassinado pelos camponeses de sua propriedade, e começa a escrever *Gente Pobre*. Primeiro é aclamado pela crítica, depois passa a ser visto como um mero imitador de Gógol. Ele foge dos círculos literários e se liga a um grupo de liberais, o círculo de Mikhail Petrachevski (1821-1866), onde, clandestinamente, se discute e se preparam partidários para um socialismo utópico de tipo *fourierista**. Petrachevski mantém em sua casa uma biblioteca na qual há livros proibidos pelo governo sobre filosofia materialista, socialismo utópico e história dos movimentos revolucionários. Assim, das *piatinitzy* (sextas-feiras) – como são conhecidas as reuniões de Petrachevski – para a prisão, um pulo. Em 1849 ele é preso e condenado à morte, mas a pena é comutada em quatro anos de prisão, seguidos de um exílio na Sibéria de cinco anos. Sai da penitenciária de Omsk, mas é confinado em Semipalatinks, no 7º Batalhão de Infantaria, onde servirá como simples soldado por três anos, e onde conhece Maria Dmitrievna, com quem se casa, em 1857, uma jovem viúva e mãe de um garoto chamado Pavel. Em 1859 Fiodor, Maria e seu filho Pavel instalam-se em Tver, cidade situada a cento e quarenta quilômetros de Moscou.

Em 1860, Dostoievski volta a Petersburgo onde, no ano seguinte, funda a revista *Vremia* (O Tempo), que será empastelada pela censura. Insistente, em 1864 volta com outra publicação, *Epokha* (A Época), que nunca alcançará o êxito da anterior. É nesta revista que publica *Memórias do subsolo*.

Maria Dimitrievna morre, e Dostoievski liga-se a Pauline Souslova, com quem percorre a Europa de 1862 a 1863. Frequenta cassinos, perde todo seu dinheiro e se vê

---

* Referência ao socialista francês François Marie Charles Fourier (1772-1837), crítico ferino do capitalismo e adversário da industrialização, da civilização urbana, do liberalismo e da família baseada no matrimônio e na monogamia. Propôs a criação de unidades de produção e consumo – as falanges ou falanstérios –, espécie de cooperativismo integral e autossuficiente, onde se pudesse realizar livremente a busca do que chamava "paixões individuais" e seu desenvolvimento, que conduziria a um estado de "harmonia". Inspirados em tais ideias, surgiram no Brasil o *Falanstério do Saí*, em Santa Catarina, e a *Colônia Cecília* (Paraná).

obrigado a acelerar a redação de seus escritos, motivo pelo qual se percebe aquele aspecto meio 'descosturado' em alguns de seus textos redigidos precipitadamente. Depois da aparição de *Crime e Castigo* (1866), publicado primeiramente na revista *Russki Vestnik* (O mensageiro russo), sem contar com suas necessidades econômicas, sua doença (era epiléptico) e sua inconstância sentimental, Dostoievski decide contrair segundas núpcias, desta vez com a estenógrafa de uma de suas novelas, *O jogador*, Ana Grigorievna Snitkina. Na iminência de ser preso – por não honrar suas dívidas –, parte da Rússia com sua esposa, e ficará por quatro anos no exterior. O primeiro ano na Suíça, em Genebra, e depois em Vevey; o segundo na Itália (Milão e Florença), e os outros dois anos em Dresden, Alemanha. Na Suíça, dedica-se integralmente a escrever *O idiota*, que é concluído em Florença, em janeiro de 1869. Já *O eterno marido* é escrito em Dresden, no outono de 1869.

Em julho de 1871, o casal regressa à Rússia (Petersburgo), onde oito dias depois nasce seu primeiro filho, Fiodor (no exílio nascera a menina Liubov) e publica *Os demônios*. *O adolescente* surge em 1875 que é, para efeitos de crítica e de público, um fracasso. *Diário de um escritor* é escrito no período de 1873 a 1881. De 1878 a 1879, ocupa-se com a redação de *Os irmãos Karamazov* que, segundo Freud, é "a maior obra da história".

Fiodor Mikhailovitch Dostoievski faleceu em 29 de janeiro de 1881.

Sobre a obra e a tradução

Quando Nicodemos Sena me propôs traduzir *Gente*

Pobre voltei ao passado e revivi momentos difíceis, situações que pouco diferem das apresentadas na obra de Dostoievski.

Havia conhecido parte importante de sua obra quando vivia em Moscou. Lembro-me perfeitamente do que uma amiga, professora da Lomonosov, me dissera: "você se espanta com o que ocorre na pátria do socialismo, mas dê uma passeada pelas primeiras obras de Fiodor, associe as situações que ele expõe ao momento atual, e certamente ficará desconcertado." Ela tinha razão. Em termos econômicos pouco, muito pouco diferia; as pessoas andavam pelas ruas, perdidas, à procura do essencial para a sobrevivência, e caíam numa onda de descrédito, ausência de fé, ódios étnicos, um desfile de personagens muito parecidos com os de *Gente Pobre*.

Primeira obra escrita por Dostoievski, que na ocasião tinha vinte e quatro anos de idade, *Gente Pobre* é vista como a primeira "novela social" naquele país, tanto por Alexander Herzen como por Bielínski, plebeu peterburguense e crítico festejado. É uma obra epistolar, gênero de moda no século XVIII. Nela, ele retoma a figura do herói de *O Capote* de Gógol, Akaki Akakievitch, para recriar a figura de Makar Devuchkin que mantém correspondência com a jovem Varvara Dobroselova, sua parenta e amada. Assim como Gógol ironiza o nome de Akaki Akakievitch, Dostoievski também dará um caráter alegórico aos nomes de seus protagonistas. Devuchkin (de *devushka*) se traduz como um personagem efeminado, quer dizer, frágil, incapaz de salvaguardar sua honra; e Dobroselova é a combinação das palavras russas para "boa" e "aldeã".

A obra trata das dores que afligem a alma, dos medos,

das lembranças amargas de um mundo de coitadinhos, de jovens abandonadas, de humilhados e ofendidos, de homens problemáticos, misérias e submissão. Não é um universo ficcional, a humanidade está ali, degradada social e economicamente; sofre resignadamente porque não há como lutar contra o destino. Makar, por exemplo, se conforma, se vitima, se acostuma com tudo o que acontece "porque sou um homem de paz, porque sou um homenzinho". Religiosamente tem consciência de que o destino é determinado por Deus: a humilhação dos amigos na repartição, na espelunca em que mora, o cargo ínfimo que ocupa, porque "tanto a condição de cada homem como o seu destino são traçados pelo Todo-Poderoso. Para um homem foi dado exibir as dragonas de general, a outro, servir como conselheiro titular; a este, mandar; àquele obedecer, submisso, sem reclamar. Isso já é previsto de acordo com a faculdade de cada um; este tem aptidão para uma coisa, aquele para outra, mas já se sabe, essas aptidões são concedidas pelo próprio Deus".

A pobreza, a marginalidade de Devuchkin marcam o começo das reivindicações dos direitos do homem que há no funcionário. O ideal comunitário é truncado; desamparado, ele sonha com uma relação com o seu mundo que seja mais fraternal, mas esta não se articula, em parte pela vergonha, em parte pelo sentimento de culpa que o invade. Isola-se sempre, faz questão de isolar-se porque assim é mais fácil de ser esquecido pelos que lhe escarnecem: chega ao trabalho, tampa os ouvidos, fecha os olhos, sem fazer o menor movimento, pois "é assim que fico quando começam com brincadeiras, e eles me deixam em paz."

O uniforme o deprime, o trabalho o sufoca, não faz

nada de extraordinário, não passa de um amanuense, mas se orgulha disso, porque trabalha com o suor do seu rosto, porque não vê mal algum em ser um amanuense. Escrever é sua sina; escrever é deter o tempo, buscar o sentido da vida, assim como do necessário vínculo com a beleza – o ideal, o imediato. Em sua luta contra a loucura administrativa e o alcoolismo escrever é sacrifício, mas é mais importante do que qualquer outra ação terrena. Makar exercita a escrita epistolar para não afundar, para continuar respirando; escrevendo com palavras literárias, e não com fórmulas administrativas, as expressões epistolares empregadas por ele o ligam ao diálogo que o devolve à vida, o livram da falta de comunicação e do isolamento: "digo-lhe com sinceridade, minha querida, que me danei a escrever [...] para, em parte, desafogar o coração..."

Na obra as referências à literatura são constantes, as citações de obras de Pushkin e Gógol, principalmente. Os personagens são leitores constantes. Varvara tem uma formação mais consistente, enquanto Makar, ainda que se interesse ao ponto de frequentar saraus literários, sabe de suas deficiências: "a literatura é uma pintura, quer dizer, em certo sentido, claro, um quadro e um espelho; uma expressão da paixão, uma crítica fina, instrutiva, um documento. Isso tudo aprendi com eles. Mas confesso-lhe [...] quando começam a discutir sobre as mais diversas coisas, eu simplesmente me calo [...] É aí que percebo que sou um ignorante, e tenho vergonha de mim mesmo; e fico ali durante um bom tempo tentando achar uma palavrinha para poder entrar na conversa geral, mas nem sempre consigo, por mais que queira essa palavrinha não aparece. É como se estivesse todo enrolado".

O sentimento de humilhação é o mote do seu discurso. A necessidade constante de procurar dinheiro para o seu sustento – e o de sua amada –, o enfrentamento com os agiotas: "[...] Voltei a pedir, e ele: tem alguma garantia? E debruçado sobre papéis, continuou escrevendo, sem sequer me dirigir um olhar. Fiquei constrangido, claro. Não, não tenho nenhuma garantia, Piotr Petróvitch, digo eu, e lhe explico: devolverei o dinheiro quando receber o ordenado, lhe pago sem falta, é a primeira coisa que farei." E a vergonha estampada num dos momentos mais cruéis de todo o livro, quando por um erro cometido numa cópia é levado ao superior: "Queria desculpar-me, pedir perdão, mas não pude; queria correr mas não me atrevia... então, minha filha, aconteceu uma coisa que ainda agora mal consigo segurar a pena de tanta vergonha [...] o botão que estava apenas preso por um fio, saltou de repente [...] e rodou, rodou, e foi parar nos pés de Sua Excelência, e isso tudo em meio a um silêncio total. [...] Sua Excelência olhou atentamente para o meu aspecto, para minha roupa [...] Dei uma de doido. Curvei-me, estendi a mão para apanhar o botão, mas o botão rodou como um pião, rodou, rodou, e eu, por mais que tentasse, não conseguia pegá-lo, de sorte que mostrei ali toda a minha habilidade."

Varvara é, como ele, vítima de uma fatalidade atroz, sempre amedrontada, guarda mágoas profundas. De pequena aldeã ao mundo urbano uma transformação dolorosa: da morte dos entes queridos, a solidão, a cafetinagem de sua parenta que a joga nos braços do rico comerciante até a segurança ao lado de Makar. Ela sabe que não poderá suportar as agruras da vida, vive doente, magra. Makar não poderá salvá-la.

Ao redor dos protagonistas gravitam várias outras "gentes pobres". O desempregado Gorchkov que luta para manter a família e limpar sua honra, o velho Pokrovski que só tem olhos para o filho ingrato, o literato Rataziaev, a criança que esmola pelas ruas de Petersburgo, "pobre menino pálido, azulado de frio, talvez famélico".

Há quem diga que a obra é o ápice da literatura filantrópica dos anos 40. Sem dúvida é mesmo uma obra cheia de uma humanidade que transita com constância entre misérias e angústias, mas principalmente plena de amor ao próximo e de uma aceitação religiosa de uma realidade que, como lenitivo, foi determinada por Deus.

A obra que encantou Bielínski está aqui, nesta tradução feita com paixão, onde procurei respeitar os tempos verbais utilizados pelo autor (formas do presente em narrativas do passado), reproduzindo sua pontuação, seu modo pessoal de dividir os parágrafos, detalhes que podem parecer irrisórios mas que têm sua importância essencial, guardando ao máximo a fidelidade inclusive na pontuação, transcrevendo de modo mais aproximado os nomes exóticos, evitando essas grafias que carregam nos acentos (nem sempre o acento exerce uma função tônica), enfim, guardando-se fidelidade, não omitindo nada.

São Paulo, março a maio de 2011

LUÍS AVELIMA
Poeta, escritor, jornalista e tradutor de François Villon, Henri Lefebvre, Aristófanes, Mikahil Bulganov, entre outros

GENTE POBRE

Esta obra de Dostoievski foi traduzida do original Собрание сочинений в 15-ти томах. Ленинград : Наука, 1988. Том 1 , (*Sobránie sotchienii - Obras completas* em 15 volumes, Tomo 1, Leningrado: Ed. Naúka, 1988).

A LetraSelvagem emprestou o título *Gente Pobre* para a sua coleção de romances, razão por que a presente edição desse primeiro romance de Dostoievski é também uma homenagem ao inigualável escritor russo (N. do E.)

"Ah, não quero nada com esses contadores de histórias! Em vez de escrever algo útil, agradável ou esperançoso, mas não, parecem comprazer-se em desencavar os segredos mais profundos da terra, para espalhá-los por aí. Eu, simplesmente, os proibiria de tomar a pena... Porque, vejamos: lemos... logo, sem querer, começamos a pensar no que lemos, e por fim a cabeça se enche de disparates... É por isso que eu, categoricamente, os proibiria de escrever; proibiria, e pronto!"

Príncipe V. F. Odoievski [1]

---

[1] Do conto de Vladimir Odoievski, "O morto vivo". Vladimir Fiedorovitch Odoievski (1803-1869), filósofo, escritor, crítico musical e pedagogo russo. Sua obra principal *As noites russas* (1844) é uma coleção de ensaios e novelas, para a qual se inspirou na obra *As noites áticas* de Aulo Gélio. Editou com Pushkin, em 1836, a revista literária "O Contemporâneo" (*Sovremennik*), que teve naquele momento cerca de 6.600 assinantes. (N. do T.)

8 DE ABRIL

Minha inestimável Varvara Aleksieievna:

Ontem eu estava feliz, imensamente feliz, incrivelmente feliz! Pelo menos uma vez na vida, você, teimosa, deu-me ouvidos. À noite, por volta das oito, acordo (você sabe, minha filha, que gosto de uma sesta de uma ou duas horas depois do serviço), acendo a vela, arrumo os papéis, afio a pena... e de repente, sem querer, levanto os olhos: juro que meu coração começou a palpitar! Você adivinhou o que eu desejava, o que desejava meu pobre coração! Olho e percebo que um pedacinho da cortina da sua janela está dobrado, preso a um vaso de balsamina, exatamente como eu havia insinuado; também tive a impressão de que o seu rostinho apareceu por um instante à janela, que também me olhava, que pensava em mim. Como fiquei decepcionado, minha pombinha, por não definir bem esse seu rostinho encantador! Houve tempo, minha querida, em que eu enxergava bem. A velhice é coisa séria, minha filha! Agora os olhos ficam embaçados, basta que trabalhe à noite, escreva um pouquinho, e no dia seguinte já acordo com eles irritados e lacrimosos que chego a ter vergonha que estranhos os vejam nesse estado. Entretanto, em minha imaginação via muito bem o seu sorriso amável, meu anjo, seu sorriso simpático, bondoso; e em meu coração experimentei a mesma sensação de quando a beijei, Várienka – lembra-se ainda, meu anjinho? Até achei, pombinha, que de lá, da janela, estava ameaçando-me com o dedo. Será verdade, malvada? Na próxima carta, fale-me disto, sem falta, com detalhes.

E então, o que acha de nossa malandragem a respeito da cortininha, Variénka? Magnífica, não é verdade? Quer escreva, quer me deite, quer me levante, logo sei que você pensa em mim, que está bem de saúde e disposta. Quando baixa a cortininha, quer me dizer: boa noite, Makar Aleksieievitch, é hora de ir para a cama! E quando a sobe: bom dia, Makar Aleksieievitch, dormiu bem? Ou: como vai de saúde, Makar Aleksieievitch? Quanto a mim, graças a Deus, estou bem, satisfeito! Está vendo, alminha, como essa ideia foi bem bolada, nem de carta precisamos! Não é verdade que foi bem pensada? Pois é uma ideiazinha minha! Sou bom para essas coisas, não sou, Varvara Aleksieievna?

Digo-lhe ainda, minha querida Varvara Aleksieievna, que esta noite, contrariando as expectativas, dormi maravilhosamente bem, o que me deixou muito satisfeito; embora quando estamos numa casa nova, desacostumados, temos dificuldade para dormir direito, parece que há sempre algo errado. Hoje levantei-me como o falcão brilhante[2] – dava gosto de ver. Que manhã maravilhosa

[2]No original russo: ясным соколом: referência à obra *Finist, o falcão brilhante*, conto de fadas russo recolhido pelo folclorista Alexander Afanasiev (1826-1872): o falcão é símbolo másculo, de superioridade física, intelectual e moral. Dostoievski vai citá-lo novamente em sua obra *Khoziáika – A Senhoria*. (N. do T.)

está hoje, minha filha! Abriram aqui a janela, o sol brilha, os pássaros cantam, o ar fica impregnado de aromas primaveris, toda a natureza se anima; todo o resto em conformidade, tudo em ordem, exatamente como deve ser quando a primavera desponta. Até sonhei gostoso, e em meus sonhos você estava, Várienka! Comparei-a com um pássaro do céu criado perfeitamente para alegria dos homens e embelezamento da natureza. E pensei, Várienka, que nós, que passamos a vida cheios de angústias e sobressaltos, devemos ter inveja dos passarinhos do céu por sua alegria despreocupada e inocente; também pensei em mais coisas do gênero, e assim por diante – ou seja, sempre com comparações remotas. Tenho aqui um livro, Várienka, onde essas coisas são descritas assim e com muitos pormenores. Digo isto porque os sonhos sempre variam, não é verdade, querida? Agora é primavera, por isso os pensamentos são todos prazenteiros, espirituosos, fantásticos, e os sonhos cheios de ternura; o mundo todo nos parece cor-de-rosa. Por isso escrevo essas coisas que, na verdade, tirei do livro. Nele, o autor expressa o mesmo desejo, só que em verso:

*Oh, por que não sou uma ave, uma ave de rapina?**

Etcétera e tal. Há ainda outros pensamentos, mas não interessa! Pois bem, diga-me, Varvara Aleksieievna, aonde foi esta manhã? Ainda não havia me preparado para sair para o trabalho, quando você atravessou o pátio, toda esvoaçante, como um passarinho primaveril ao deixar seu ninho. Como fiquei feliz ao vê-la assim! Ah, Várienka, Várienka! Não se aflija, lágrimas não amenizam a dor; sei

* Em russo: : Зачем я не птица, не хищная птица! (Obs. do T.)

disso por experiência própria, minha filha. Agora você está calma, até melhor de saúde. Então, como vai sua Fedora? Ah, como ela é bondosa! Escreva-me, Várienka, conte-me em detalhes como vivem aí, se estão satisfeitas com tudo. Às vezes Fedora resmunga um pouco, mas você não deve levar em consideração, Várienka, deixe que resmungue! Ela é mesmo uma alma bondosa.

Já lhe escrevi a respeito de nossa Teresa – que é também uma criatura boa e fiel. Antes eu me preocupava muito com as nossas cartas! Como entregá-las? Até que Deus nos enviou Teresa. É uma mulher boa, meiga, simples. Mas a nossa senhoria é mesmo insensível. Sobrecarrega-a de trabalho, trata-a como se fosse um molambo.

Em que espelunca vim parar, Varvara Aleksieievna! Que lugar é este! Antes, como sabe, eu vivia isolado, e era uma paz, um silêncio; até ouvia-se uma mosca voar. Agora tudo é barulho, algazarra, gritaria. No entanto você não tem a menor idéia do que é isto, de como está tudo organizado. Imagine um corredor comprido, interminável, escuro e sujo. À direita desse corredor há uma parede sem janelas nem portas; à esquerda as portas, uma atrás da outra, uma fila inteira delas, como num hotel; são as portas dos quartos onde vivem espremidas duas ou três pessoas que dividem o custo do aluguel entre si. Quanto à ordem, nem pensar – isto é uma Arca de Noé! De resto, ao que parece, é tudo gente boa, educada e culta. Temos aqui, entre outros, um funcionário (creio que de alguma área literária) que é um homem que lê muito: fala de Homero, de Brambeus[3], de

---

[3] Pseudônimo de Osip Sienkovski (1800-1858), escritor e crítico literário. Era um dos colaboradores do jornal "A Abelha do Norte"; entre suas obras *Os trabalhadores do Inferno* e *Viagens fantásticas do Barão Brambéus*. Seus artigos eram muito lidos pelo chamado público menos letrado. (N. do T.)

muitos outros escritores lá deles; numa palavra, fala de tudo – é um homem inteligente! Temos também dois oficiais, que passam a vida no jogo de cartas. Além deles, um aspirante da Marinha e um inglês, professor. Aguarde que ainda vou diverti-la com algo engraçado: na próxima carta vou descrevê-los de forma satírica, isto é, vou pintá-los como são detalhadamente. A nossa senhoria é uma velha pequenina que não gosta do asseio – anda o dia todo pela casa de pantufas, enrolada num roupão grosseiro e não para de insultar a pobre Teresa. Eu vivo na cozinha, melhor dizendo: junto à cozinha há um quarto (devo dizer que a cozinha é muito limpa, clara e boa), um quarto muito pequeno, um cantinho modesto... ou seja, seria mais correto dizer que, como a cozinha é grande, com três janelas, colocaram um biombo, criando-se assim um quarto extra; ficou tudo espaçoso e cômodo, tenho até uma janela; mas o mais importante é que é muito confortável. É exatamente este o meu cantinho, mas não pense, minha filha, que haja nisto qualquer coisa, qualquer intenção secreta, porque isto não passa de uma cozinha! Quer dizer, falando com exatidão, vivo na própria cozinha, só que atrás do biombo, mas isto não quer dizer nada; vivo separado dos demais, escondido, sossegado! Coloquei neste cantinho uma cama, uma mesa, uma cômoda, duas cadeiras, e na parede pendurei uma imagem piedosa*. É verdade que há quartos melhores – talvez até bem melhores –, mas o importante é o conforto; só por isto instalei-me aqui, e não pense que foi por outra razão. A sua janela fica em frente, do outro lado do pátio; e como nosso pátio é estreitinho, vejo-a quando passa – por isso o coitado de mim fica sempre mais feliz – e também

---

* Em russo: образ, ícone. (Obs. do T.)

é mais barato. Por aqui, o pior quarto custa, incluindo a comida, trinta e cinco rublos em notas de banco[4]. Está além de minhas posses! O meu cantinho sai por sete rublos em notas, pela comida pago cinco de prata: dá vinte e quatro e meio; antes eu pagava, em números redondos, trinta rublos, o que me fazia deixar de lado muitas coisas: não podia, por exemplo, tomar chá sempre, mas agora me sobra dinheiro para o chá e para o açúcar. É que, minha querida, não faz ideia da vergonha que uma pessoa sofre quando não pode tomar chá; nesta casa só vive gente de posses, por isso me inibo um pouco. É por causa dos outros que tomo chá, porque isso faz parte do bom tom, pois se não fosse por isso nem ligava, que não sou homem de caprichos. Além do que há que ter algum dinheiro no bolso – é sempre necessário para, por exemplo, um par de botas, um corte de pano para uma roupinha... será que pode sobrar muito? É assim que todo meu salário vai embora. Não me queixo, pelo contrário, para mim basta, estou contente. Faz muitos anos que me basta; e vez por outra ainda cai do céu uma gratificação. Bem, meu anjo, até breve. Comprei dois vasos, um com balsamina e outro com gerânio. Baratinhos. Várienka também gosta de resedá? Se quiser, basta que me diga, também há resedá; escreva-me com pormenor. No mais, não fique imaginando coisas nem desconfie de mim por ter alugado um quarto assim. Só o fiz pelo conforto, só o conforto me atraiu. Devo confessar-lhe também, minha filha, que tenho poupado, e já tenho algum. Não pense que sou tão pacífico e tímido que uma mosca possa me derrubar com suas asas. Não, minha filha, não sou assim tão

[4]Papel-moeda que existia na Rússia desde 1769. Em 1830, um rublo de papel, pelo câmbio oficial, equivalia a 27 copeques de prata. (N. da E.)

insignificante e possuo precisamente o caráter que convém a um homem de consciência tranquila e alma firme. Até logo, meu anjo! Já enchi quase duas folhas, e há muito devia ter saído para trabalhar. Beijo-lhe os dedinhos, filhinha, e continuo

seu devoto servidor e fidelíssimo amigo
Makar Dievuchkin

P.S. – Peço-lhe apenas uma coisa: responda-me, meu anjinho, com o máximo de pormenores. Envio-lhe também, Várienka, uma librazinha[5] de bombons; saboreie-os com prazer e, por Deus, não se preocupe comigo, nem me guarde rancor. Então, até logo, minha filha.

*

8 DE ABRIL

Estimado senhor Makar Aleksieievitch:

Sabe que será preciso, finalmente, que eu me zangue com você? Juro-lhe, meu bom Makar Aleksieievitch, que é duro para mim aceitar seus presentes. Sei o quanto lhe custam, e de quanta coisa tem de se privar para mandá-los. Quantas vezes já lhe disse que não preciso de nada, absolutamente de nada; que não posso lhe retribuir devidamente a atenção que tem tido para comigo. A balsamina, tudo bem, mas para quê o gerânio? Basta que eu diga uma palavra qualquer, como, por exemplo, que os

[5] Фунтик (de *funt*, libra), medida russa obsoleta igual a 409,500 gramas. (N. do T.)

gerânios me agradam, para que em seguida compre-me um vaso? Custa caro, não é mesmo? Como as flores são maravilhosas! Que vermelho tão vivo! Diga-me onde conseguiu um gerânio tão bonito? Coloquei-o no parapeito da janela, no lugar mais visível; e no banquinho que há ao pé da janela vou colocar outras flores; deixe-me ficar rica! A Fedora não para de falar do nosso quarto, que agora é um verdadeiro paraíso: limpo, claro, acolhedor. Mas para quê esses bombons? Outra coisa: imediatamente deduzi na leitura de sua carta que há algo acontecendo com você; a primavera, os aromas, o canto dos passarinhos... O que é isto, pensei, será que vai dedicar-me uma poesia? Para dizer a verdade só faltou escrever versos em sua carta, Makar Aleksieievitch! Os sentimentos que nela expressa são muito ternos, as ideias cor-de-rosa; há de tudo! Sobre a cortininha, jamais pensei nisso, pode ser que a pontinha ficou presa num galho quando mudava os vasos de lugar. Isto é tudo!

Ah, Makar Aleksieievitch, sei que me conta sobre seus recursos e seus gastos só para me tranquilizar, para me fazer acreditar que são todos apenas para suas despesas; não pode enganar-me, nem esconder-me nada. Sei muito bem que se priva de muita coisa por minha causa. Diga-me com clareza, por que alugou esse quarto? Sei que lhe incomodam, tiram seu sossego; além do que é pequeno, incômodo e feio. Também sei que gosta do silêncio e do sossego, mas como irá conseguir viver aí? Com o seu salário, poderia procurar algo melhor. A Fedora diz que antes o senhor vivia incomparavelmente melhor. Viverá por toda vida sempre assim, só, com privações, sem desfrutar de nada, sem ouvir uma palavra amiga, alugando esses cubículos na casa de estranhos? Ah, meu amigo, se soubesse como isso me dá pena! Mas pelo menos cuide de sua saúde, Makar Aleksieievitch! Diz que não anda muito bem da visão; pois não escreva à luz de velas! Para quê? Não há necessidade disso, pois seus superiores já sabem do zelo que tem pelo serviço.

Torno a suplicar-lhe que não gaste tanto dinheiro comigo. Sei que gosta de mim, mas você não é rico. Hoje acordei de bom humor. Devia ver como estava bem! A Fedora já tinha trabalhado bastante, e logo arranjou algo para mim, o que me deixou feliz; saí para comprar seda e pus-me a trabalhar. Durante toda manhã e toda tarde estive muito animada! Mas agora, outra vez, voltaram-me pensamentos sombrios, e a tristeza atormenta-me o coração.

Meu Deus, o que será de mim, qual será o meu destino? O pior é viver assim, na incerteza, sem saber nada, absolutamente nada, nem remotamente adivinhar o que será de mim. Olhar para trás assusta, tamanha é a desgraça que lá vejo; só de pensar, meu coração quer saltar. Toda minha vida hei de queixar-me com lágrimas nos olhos das criaturas que acabaram com minha vida.

Já escurece. É hora de voltar ao trabalho. Gostaria de escrever-lhe mais, mas não há tempo; o trabalho tem prazo para ser concluído; tenho que trabalhar rapidamente. Claro que gosto de receber suas cartas, elas me tiram do tédio! Mas por que não vem nos visitar? Quer dizer por quê, Makar Aleksieievitch? Vivemos tão perto, e deve ter tanto tempo livre! Venha, sim! Hoje vi sua Teresa. Parece que tem uma saúde delicada; tive tanta pena dela, que dei-lhe vinte copeques. Sim, quase ia me esquecendo: gostaria que me contasse como vive, o que ocorre ao seu redor, tudo bem detalhado. Que tipo de gente vive ao seu lado, se vive em harmonia com todos. Quero saber de tudo. Não se esqueça, quero muito saber. Hoje dobro, propositalmente, a ponta da cortininha. Deite-se mais cedo: ontem, por volta da meia-noite, vi luz acesa em seu quarto. Até breve. Hoje voltou tudo: tristeza e tédio. Parece que é um dia propício para isso! Até breve.

Sua,
Varvara Dobroselova

*

8 DE ABRIL

Minha estimada senhora Varvara Aleksieievna:

Sim, minha filha; sim, minha querida, o dia tinha que ser assim, coisa do destino. Varvara Aleksieievna divertiu-se à custa deste pobre velho, afinal sou o culpado de tudo, e mais ninguém! Quem me mandou, nesta idade, com os últimos fios de cabelo, meter-me em namoros e aventuras? E mais, minha filha: o homem é, por vezes, um ser estranho, muito estranho. Oh, Deus santo, e as coisas que ele diz? E quais são as consequências, o que resulta disso? Nada acontece, mas as bobagens que sai, Deus nos livre e guarde! Eu não estou zangado, minha filha, apenas desgostoso ao pensar nessas coisas tolas que lhe escrevi. Hoje fui ao trabalho todo pimpão, tanto que o coração exultava. Tinha a alma em festa, estava feliz, embora nem soubesse a razão. Pus-me a trabalhar com prazer, mas e daí, o que resultou? Ao findar a tarefa, olhei em volta e vi tudo como dantes:

cinzento e insípido; as mesmas manchas de tinta, as mesmas mesas, os mesmos papéis, eu próprio como dantes, tudo exatamente igual. Que motivo havia para querer cavalgar o Pégaso? E por que tudo aquilo? Só porque o sol brilhou e o céu tingiu-se de uma cor mais clara, foi por isso? E que aroma primaveril encontrei, se em nosso pátio, sob as janelas, acontece tanta coisa! O certo é que imaginei tudo isso por que sou um estúpido. Acontece às vezes que o homem se perde em seus próprios sentimentos e começa a dizer besteiras. Não passa de um estúpido ardor do coração. Não voltei para casa caminhando, arrastei-me; a cabeça doía sem motivo algum. Talvez tenha tomado uma friagem nas costas. Como um velho tolo, ficara alegre com a chegada da primavera, e tinha ido trabalhar com o capote leve. Quanto aos meus sentimentos a minha filhinha está equivocada. Tomou o meu desabafo num sentido errado. Era simplesmente o afeto paternal que me inspirava, Varvara Alekseievna, pois em sua penosa orfandade, eu ocupo o lugar de um pai; e digo isso do fundo do meu coração, como se fosse da família. Seja como for, embora eu seja seu parente distante, por parte de Adão e Eva, como diz o ditado, ainda assim sou da família e, agora, seu parente mais próximo e único protetor; porque onde parecia mais natural que você procurasse ajuda e proteção, só encontrou traição e injúria. Quanto às poesias, devo dizer-lhe, minha filhinha, que em minha idade, não seria de bom tom começar a exercitar a rima. Os versos são uma bobagem! Hoje em dia, até nas escolas castigam os meninos por causa dos versos... é isso mesmo, minha querida!

O que quer dizer, Varvara Aleksieievna, quando me fala sobre comodidade, sossego e não sei quantas coisas mais?

Eu não sou exigente, minha filha, nunca vivi melhor do que vivo agora; por que deveria ficar assim na velhice? Não me falta o que comer, ando vestido e calçado, que mais posso desejar? Eu não sou de linhagem nobre! O meu pai não era nenhum aristocrata e, para manter a família, tinha um ganho menor que o meu. Não sou um homem mimado. Aliás, para dizer a verdade, no meu antigo alojamento vivia muito melhor, tinha mais espaço. É claro que minha atual moradia também é boa, e tem suas vantagens: é mais divertida, digamos, e mais variada; não tenho do que reclamar, mas mesmo assim tenho pena de ter deixado a antiga. Nós, os velhos, ou seja, os idosos, nos acostumamos com as coisas velhas como se fossem da família. Aquele quarto era pequeno; as paredes eram... e para que falar disso?! As paredes eram como todas as paredes do mundo, mas não se trata das paredes, e sim, das lembranças que nos causam certa nostalgia. Sim, essas lembranças me afligem, mas acabam se tornando agradáveis. Mesmo o que era ruim e que às vezes me deixava desgostoso, parece que se torna purificado nas lembranças e me vem à cabeça com um aspecto bom. Tanto eu como a minha senhoria, a boa velhinha, levávamos uma vida tranquila, Várienka. Sim, agora penso na pobre velha com tristeza. Era uma boa mulher e não me cobrava caro pelo quartinho. Estava sempre fazendo mantas com retalhos variados, que cortava em tiras estreitas, e usava em seu trabalho umas agulhas de um *archin*[6] de comprimento; era sua única ocupação. As velas comprávamos para os dois, porque ambos trabalhávamos noites a fio usando a mesma mesa. Vivia

[6]Em russo: аршин. O *archin* era um sistema de medidas usado na Rússia Imperial, abandonado depois pela União Soviética em 1924. Um *archin* equivalia a 0,71m. (N. do T.)

com ela uma sobrinha, Masha, e ainda recordo dela pequenininha, agora já deve ter seus treze anos, uma mocinha. E era tão indolente, tão traquina, que fazia-nos rir. De sorte que formávamos um trio, e nas longas vigílias de inverno, nos sentávamos os três em volta da mesinha redonda, tomávamos chá e, depois, voltávamos ao trabalho. Frequentemente, para que Masha não se aborrecesse, e também para instruí-la, a velha contava-lhe histórias. E que histórias eram aquelas! Não só uma criança ouvia aquilo com prazer, mas também um homem adulto e sensato se deixava levar. Não há palavras! Eu mesmo, muitas vezes, acendia o cachimbo, e escutava com a maior atenção, esquecendo-me por completo do trabalho. Mas a menina, nossa pequena, ficava muito pensativa, apoiava sua face rosada na mãozinha, abria a boquinha, e quando a história era de terror, então aproximava-se cada vez mais da avó, devagarzinho, até segurar-lhe na barra da saia. Para nós era uma maravilha olhar para a garota, de sorte que nem percebíamos que a vela se derretia e nem nos dávamos conta de que, lá fora, a neve caía e o vento soprava furioso. Sim, era uma boa vida, Várienka, e assim vivemos por quase vinte anos. Mas... falo que falo! Talvez essas histórias nem lhe agradem, e para mim estas lembranças ainda pesam, especialmente na hora do crepúsculo. Teresa está batendo nos pratos, dói-me a cabeça, também um pouquinho as costas, e me ocorrem uns pensamentos tão estranhos, como se também doessem: estou imensamente triste, Várienka! Mas o que me escreve aqui, minha filha? Como poderia ir à sua casa? O que diriam as pessoas, minha pombinha? Teria que cruzar o pátio, todos veriam, começariam a cochichar, a fazer pequenos movimentos, as comadres forjariam historiazinhas, alterariam completamente as coisas! Não, meu anjo, vejo-a pela manhã, à hora da missa noturna; é mais prudente e seguro para ambos. Não se zangue, meu amorzinho, por lhe escrever uma carta assim. Ao relê-la, vejo bem as incoerências em seu teor. Sou velho e sem instrução, Várienka; não estudei quando jovem, e na idade que tenho seria uma loucura voltar aos estudos. Devo confessar-lhe, minha filha, que não tenho destreza para descrever coisas, e sei que sem a ajuda e sem as observações zombeteiras de alguém amontoo bobagens em cima de bobagens quando quero escrever algo mais elegante. Vi-a hoje à janela, vi quando baixou a cortininha. Até mais, até mais, Varvara Aleksieievna.

Seu amigo desinteressado,
Makar Dievuckin

P.S. – Minha querida, não escreverei sátiras sobre ninguém. Já estou bastante crescido, Varvara Aleksieievna, minha filha, para ficar mostrando os dentes. Fazendo assim só daria motivo para que rissem de mim, pois como diz o ditado russo: quem, diz ele, cava uma cova para outro... nela vai cair[7].

*

9 DE ABRIL.

Prezado senhor Makar Aleksieievitch:

Meu amigo e benfeitor, Makar Aleksieievitch, devia se envergonhar por se preocupar e se lamuriar desse jeito. Será

---

[7]No original russo: кто, дескать, другому яму роет, так тот... и сам туда же. Em verdade, a sentença pode ser encontrada no livro dos Provérbios 26:27. (N. do T.).

que ficou ofendido? Ah, às vezes sou inconveniente em minhas apreciações, mas não imaginei que pudesse tomar minhas palavras como uma brincadeira ferina. Tenha a certeza de que jamais me ocuparia em fazer chistes com a sua idade nem com o seu caráter. Escrevi tudo isso devido a certa leviandade, ou melhor dizendo, devido ao tédio terrível que me rodeava, pois o que não fazemos às vezes para fugir ao tédio? Além do mais, pensei que em sua carta expressava certo bom humor, mas agora me entristece saber que está irritado comigo. Não, meu leal amigo e benfeitor, não tem porque tomar-me por insensível e ingrata. Em meu coração sei valorizar tudo o que fez por mim, ao me defender da gente ruim, das perseguições e do ódio. Eternamente hei de pedir a Deus pelo senhor e, se minhas preces chegarem até Ele e o céu as atender, o senhor será feliz.

Hoje sinto-me mal. Tenho febre e calafrios alternados. Fedora está muito preocupada comigo. No mais, Makar Alekiseievitch, não tem fundamento o que escreve a propósito de sua visita e de seus temores. O que os outros têm a ver com isso? Você é nosso amigo, e basta! Fique com Deus, Makar Aleksieievitch. Não tenho mais nada a dizer, nem tampouco poderia: sinto-me verdadeiramente mal. Uma vez mais peço-lhe que não se zangue comigo e que saiba do meu eterno respeito e do meu afeto por você,

com o que me despeço, sendo sua devota e fiel servidora

Varvara Dobroselova

*

12 DE ABRIL

Minha estimada senhora Varvara Aleksieievna:

Ah, meu amor, o que você tem? Fico assustado toda vez, filhinha! Em todas as minhas cartas recomendo-lhe que tenha cuidado, que se agasalhe bem, que não saia de casa com mau tempo, que se cuide em tudo; mas você, meu anjo, não dá ouvidos às minhas advertências! Ah, minha pombinha, você parece uma criança! É tão delicadinha, frágil como uma palhinha, eu sei. Basta o mais leve sopro de vento para que adoeça, razão pela qual deve cuidar mais de sua pessoinha, evitar expor-se aos perigos e não dar motivos para que seus amigos se inquietem e fiquem tristes.

Em sua penúltima carta, minha filhinha expressa o desejo de saber os pormenores da minha vida e de tudo o que me cerca. Com prazer satisfaço os seus desejos. Contarei desde o principio, minha filha, para que haja mais ordem. Assim, em primeiro lugar, em nosso prédio, na entrada principal, as escadas são bastante medíocres; a escada principal ainda está em bom estado: limpa, larga, iluminada, toda de ferro fundido e com o corrimão de uma madeira que reluz como o mogno. Por outro lado, da escada de serviço, preferiria não falar: é em caracol, úmida, suja, com os degraus desgastados e as paredes tão ensebadas que se nos apoiamos nelas as mãos ficam grudadas. Em cada lanço há arcas, cadeiras e armários velhos, estragados, em pandarecos, roupas penduradas, os vidros das janelas quebrados; se nos descuidamos acabamos por tropeçar nos baldes de lixo, cheios de imundícies imagináveis, cascas de ovos, vesículas de peixe, restos de comida; mau-cheiro... enfim, aquilo não está nada bom.

Já lhe descrevi a disposição dos quartos; é, e não se pode dizer outra coisa, verdadeiramente cômoda, mas, dentro é abafado, quer dizer, não quero dar a entender que cheire mal, mas convenhamos, expele um cheiro apodrecido, diria, um cheiro penetrante e enjoativo de mofo ou algo assim. A primeira impressão não é agradável, mas isso não quer dizer nada, pois bastam dois minutos para que fiquemos impregnados do cheiro – a roupa, as mãos, tudo cheira – mas nos acostumamos. Dentro de casa, nem os tentilhões conseguem sobreviver. O aspirante da Marinha já comprou cinco, mas é evidente que não podem sobreviver neste ambiente, e não há o que fazer para evitá-lo. A cozinha é grande, espaçosa e bem iluminada. De manhã está sempre embaçada, quando fritam carne ou peixe; também deixam-na encharcada, pois sempre se derruba algo, razão por que o chão está sempre úmido; mas à noite é um paraíso. É nela que está sempre estendida a roupa velha, numas cordas, e como meu quartinho não está longe, pois é contíguo à cozinha, esse cheirinho de roupa incomoda-me um pouco; mas não tem importância: um pouco mais de tempo e acostumo-me.

Quando amanhece, Várienka, a algazarra começa: os que precisam levantar para ir ao trabalho ou para tratar de outros assuntos pulam da cama, andam, batem, e todos começam a tomar o chá. Os samovares são quase todos propriedade da senhoria, mas não passam de uns quantos, portanto o chá é servido por turnos, fazendo com que nos conformemos a esperar, em fila, que chegue a nossa vez; e se alguém se aproxima com a sua chaleira e fura a fila, certamente arranja enguiços. Assim ocorreu-me logo no primeiro dia, mas para quê falar disto? Foi naquela ocasião que conheci a todos. O primeiro foi o aspirante da Marinha, um homem de coração aberto que me conta tudo: sobre sua história, sobre seu pai, sobre sua mãe, sobre sua irmã casada com um assessor de Tula, sobre a cidade de Kronstadt. Também se colocou à disposição, caso dele precisasse e, a seguir, convidou-me para acompanhá-lo no chá. Encontrei-o no quarto onde, normalmente, jogam-se cartas. Ele recebeu-me com chá, depois instou-me para que também tomasse parte nos jogos de azar. Se queriam brincar comigo, não sei; o certo é que jogaram a noite toda e, quando entrei também já jogavam. Por todo lado pedaços de giz, cartas, um fumacê tão danado que ardiam os olhos. Claro que não queria jogar, e ao manifestá-lo, saíram dizendo que já se via que eu gostava mesmo era de filosofar. Depois disso nenhum voltou a falar comigo, mas na verdade até gostei. Agora já não paro por ali, pois entre essa gente só há azar, puro azar. Mas à noite posso reunir-me com o funcionário da área literária; ali tudo é diferente, pois reina a modéstia, a inocência e o decoro: tudo muito refinado.

Mas digo-lhe de passagem, Várienka, que a nossa senhoria é uma mulher muito ruim, uma verdadeira bruxa. Já conhece Teresa: o que acontece com a pobre moça? É magra como uma galinha depenada. Além disso, em toda a casa só existem dois serviçais: Teresa e Faldoni[8], criado da senhoria. Para dizer a verdade não sei ao certo, talvez o criado tenha outro nome; mas seja como for, todos o chamam assim. É ruivo, parece de origem finlandesa, um

---

[8]Nomes dos criados do romance *Cartas de dois amantes habitantes de Lyon*, com a trágica história de Teresa e Faldoni, do escritor francês Nicolas-Germain Léonard (1744-1793). (N. do T.)

grosseirão zarolho, com o nariz enorme: vive discutindo com Teresa, e por pouco não brigam. Devo dizer que, de um modo geral, minha vida aqui não é tão boa. Por exemplo, se todos se recolhessem cedo, mas não, há sempre alguém acordado, jogando, seja que hora for, e às vezes também acontecem coisas que só de imaginá-las fico envergonhado. Já estou aclimatado, mas espanta-me que pessoas com família possam viver nesta sucursal de Sodoma. Temos aqui uma família inteira de pobres enfiada num quarto que a nossa senhoria lhe alugou, não naquela série de quartos de que falei, mas do outro lado, à parte. É uma gente pacífica. Nunca ninguém os ouve. Vivem todos juntos num mesmo quartinho, tendo apenas um biombo por divisória. O pai, segundo parece, está desempregado, pois há uns sete meses foi despedido por um motivo qualquer. Seu nome é Gorchkov. É um homem baixinho, de cabelo grisalho, que usa uma roupa tão velha e ensebada que dá dó de ver; muito pior do que a minha. É um sujeito humilde, doente (às vezes nos encontramos pelo corredor); os joelhos estão sempre trêmulos, também lhe tremem as mãos, a cabeça; será por causa de alguma doença ou quem sabe por quê? É tímido, tem medo de todo mundo, encosta-se à parede quando cruza com alguém. Eu também sou um pouco tímido, mas não tem comparação com ele. Sua família compõe-se da mulher e três filhos. O mais velho é em tudo o retrato do pai, e também tem um aspecto frágil. A mulher não deve ter sido feia, pois ainda se nota; mas veste-se mal, com roupas esfarrapadas, coitada. Segundo ouvi dizer devem um mês de aluguel à senhoria, e esta não os trata muito bem. Também ouvi dizer que Gorchkov teve alguns problemas e por isso o despediram do trabalho...

tem um processo em tribunal, ou é investigado, coisa assim, mas não sei com certeza. O que não se pode duvidar é que estão na miséria, na mais horrível miséria! Jamais se ouve qualquer ruído em seu quarto, como se ali não vivesse ninguém. Sequer se ouvem os meninos. Nunca ninguém viu aquelas crianças brincando, correndo, o que é um mau sinal. Uma noite aconteceu-me de passar diante da porta deles; na casa reinava o silêncio, e pude ouvir um soluçar apagado, seguido de um murmúrio, depois mais soluços, exatamente como se ali dentro alguém estivesse em prantos, mas tão baixinho, com tal tristeza e desespero, que me cortou o coração, e depois estive até de madrugada sem poder tirar do pensamento aquelas pobres criaturas, e demorei muito para pegar no sono.

Até breve, Várienka, minha inapreciável amiga. Descrevi-lhe tudo da melhor forma possível. Hoje não tirei você da cabeça o dia inteiro. Pensar em você, minha querida, aperta-me o coração. Porque bem sei, queridinha, que não tem um bom casaco. Ah, esta primavera petersburguesa, estas ventarolas primaveris, as chuvas misturadas com a neve, são mesmo de morte, Várienka! As mudanças de temperatura são muito bruscas, valha-nos Deus! Não ligue para minha escrita, minha amiguinha, não tenho estilo, Várienka. Se soubesse escrever um pouquinho melhor, mas não, eu me dano a escrever o que me dá na telha, só para distraí-la um pouco. Se eu tivesse estudado, seria muito diferente, mas que diabos eu sei? Meus pais não se preocuparam muito com minha educação.

Seu eterno e fiel amigo,
Makar Dievuchkin

*

25 DE ABRIL

Meu estimado senhor Makar Aleksieievitch:

Hoje encontrei-me na rua com a minha prima Sacha. Que encontro mais desagradável! A coitada está mal! Também ouvi dizer, casualmente, que Anna Fiodorovna anda por todo lado perguntando por mim. Jamais cansará de me perseguir. Diz-se que quer *me perdoar**, esquecer todo o passado e visitar-me. Referindo-se ao senhor, diz que não é nenhum parente meu, que ela é que é minha parente mais próxima, que o senhor não tem nenhum direito de intrometer-se em nossos assuntos familiares, e que é uma vergonha para mim viver à sua custa, das suas esmolas. Diz que já esqueci da hospitalidade dela, que me salvou, que evitou que eu e minha mãezinha morrêssemos de fome, que nos manteve e cuidou de nós duas durante dois anos e meio, mas que só lhe proporcionamos dissabores, e que além de tudo nos perdoou uma dívida antiga. Nem a pobre mãezinha deixou em paz. Se minha pobre mãezinha soubesse o mal que ela me fez! Deus é testemunha! Anna Fiodorovna também diz que, por pura estupidez, eu não soube assegurar a felicidade que ela mesma colocou ao meu alcance, e que não é culpa sua que eu não soube, ou não quis, defender a minha honra. Então de quem é a culpa, santo Deus! Diz que o senhor Bíkov tem razão, que não pode casar-se com uma qualquer, e nem sei quantas sandices mais! É muito cruel ouvir todas essas infâmias, Makar Aleksieievitch! Não consigo explicar o que acontece comigo hoje. Qualquer coisa me faz tremer, chorar, suspirar, e levei

* No original russo em destaque: *простить меня* (Obs. do T.)

duas horas para escrever esta carta. Eu achava que essa mulher tinha, pelo menos, reconhecido sua culpa, a injustiça que cometeu comigo, e veja como fala de mim! Peço-lhe, por Deus, meu único e bom amigo, que não se preocupe comigo. Fedora exagera sempre: eu não estou doente. Apenas peguei uma friagem no cemitério de Volkovo[9], quando fui assistir à missa de réquiem pela pobre mãezinha. Por que não foi comigo? Eu lhe pedi tanto! Ah, minha pobre mãe, minha pobre mãezinha, se você pudesse se levantar do túmulo, se soubesse o que eles fizeram comigo!...

V. D.

*

20 DE MAIO

Minha pombinha Várienka:

Envio-lhe algumas uvas, meu coraçãozinho; dizem que são muito boas para os convalescentes, e o médico as recomenda para matar a sede, apenas para matar a sede. Minha filha queria rosas, pois tenho o maior prazer de enviá-las. E como anda de apetite, alminha? Isso é o mais

---

[9] Um dos maiores e mais antigos cemitérios de São Petersburgo, fundado em 1773. Estima-se que desde sua fundação mais de cem mil pessoas foram enterradas neste cemitério, várias vezes citado por Dostoievski em suas obras. Em suas memórias Anna Grigorievna Dostoievskaia, viúva do escritor, lembra que durante a missa de corpo presente de Nekrásov, no convento de Novodevitchi, ele lhe diz: "Quando eu morrer, Ania, me enterre aqui ou onde quiser, mas lembre-se, não me enterre no cemitério Volkovo (...) Não quero ficar entre meus inimigos, já sofri bastante por causa deles em vida!" (N. do T.)

importante. Graças a Deus todo o mal já passou e também nossas desgraças chegaram ao fim. Demos graças aos céus! Quanto aos livros, ainda não foi possível arranjá-los, mas ouvi dizer que um dos moradores da casa tem um muito bom, escrito num estilo bem elevado; eu não o li, mas asseguram que é, de fato, um excelente livro. Pedi que me emprestassem e creio que o farão. Mas será que Várienka vai querer lê-lo? Meu amorzinho é tão caprichosa nesta matéria, é difícil acertar com seu gosto; digo-o porque a conheço muito bem; só lhe agrada algo poético, de amores, de suspiros; por isso lhe arranjarei versos; tenho lá um caderno copiado.

Quanto a mim, estou muito bem. Esteja tranquila, não se preocupe comigo, minha filha. O que a Fedora lhe disse a meu respeito é mentira, e você deve dizer-lhe que não é certo mentir tanto, diga-lhe isso sem falta, a essa linguaruda!... Não é verdade que eu tenha vendido o meu uniforme novo, isso sequer passou-me pela cabeça. E por que o venderia? Ouvi dizer que vou receber um prêmio de quarenta rublos de prata, sendo assim por que iria me desfazer dele? Não, minha filha, não se preocupe com isso. Essa Fedora é muito desconfiada. Uma nova vida nos sorrirá, pombinha. Mas para isso é preciso que fique boa; pelo amor de Deus, fique boa, não aflija este velho. Quem lhe disse que eu emagreci? Calúnia, outra calúnia! Estou bem e engordei tanto que até me sinto envergonhado; estou satisfeito e muito bem saciado, não me falta nada; só quero, Várienka, que fique boa! Até breve, meu anjinho; um beijo em cada um de seus dedinhos e continuo

sempre seu fiel e imutável amigo.

Makar Dievuchkin

P.S. – Ah, meu coraçãozinho, francamente, o que me

diz? O que puseram em sua cabecinha? Como posso visitá-la tão frequentemente, como? Aproveitando a escuridão da noite? Mas nem isso, porque agora nesta época do ano não há noite[10]. Mas eu não me afastei do seu lado um só instante enquanto esteve doente, enquanto a febre a mantinha prostrada, inconsciente. Verdadeiramente nem eu mesmo sei como consegui, sem faltar com minhas obrigações. Mas depois suspendi minhas visitas porque as pessoas começaram a bisbilhotar e a fazer perguntas. Até já correm por aí boatos. Tenho absoluta confiança na Teresa, que não é tagarela; mas ainda assim, filhinha, pense no que aconteceria se caíssemos na boca dos outros. O que não pensariam e diriam de nós? Por isso, tenha um pouco de paciência, amorzinho, e aguarde melhorar completamente, e então não nos faltará lugar para nos vermos fora de sua casa.

*

1º DE JUNHO

Meu querido Makar Aleksieievitch:

Desejaria poder fazer algo de simpático e agradável para lhe expressar minha gratidão por seus cuidados para comigo, pelo seu amor por mim, de modo que decidi tirar de minha cômoda esse meu velho caderno que agora lhe

---

[10] São as chamadas "noites brancas" que acontecem em finais de maio, quando o sol não se esconde devido à latitude do norte da Rússia. É o título da obra que Dostoievski escreverá em 1848. (N. do T.)

envio. Comecei a escrever nele ainda num período em que a vida me sorria. Muitas vezes o senhor tem manifestado o desejo de conhecer meu passado, sobre minha mãe, sobre o Pokrovski, sobre minha permanência na casa de Anna Fiodorovna, e, finalmente, sobre minhas recentes desditas, e com tanta veemência expressou o desejo de ler este caderno onde anotei, sabe-se lá por quê, parte de minha vida, que não duvido proporcionar-lhe grande prazer ao enviar este caderno. Para mim, é triste relê-lo. Parece que envelheci o dobro desde que nele escrevi a última linha. Tudo isso foi escrito em ocasiões diferentes. Até logo, Makar Aleksieievitch! Ando constantemente entediada e à noite as insônias me atormentam. Como é enfadonha esta convalescença!

V.D.

I

Tinha apenas quatorze anos quando meu pai morreu. A infância foi a época mais feliz de minha vida. Não se passou toda aqui, mas longe, numa província longínqua. Meu pai era administrador de uma grande propriedade do príncipe P. na província de T. Ali vivíamos tranquilos, sós e felizes... Eu era o que se pode chamar de selvagem, pois não fazia outra coisa que correr de lá para cá pelos campos, pelos bosques, pelo jardim, e não tinha ninguém para se preocupar comigo. Meu pai estava sempre ocupado e minha mãe tinha muito o que fazer em casa; não me mandavam à escola, e isso me alegrava muito. Lembro-me de que, logo pela manhãzinha, corria para a beira do grande lago, ou para o bosque, ou para a pradaria, onde estavam os ceifeiros; e não me importava o sol escaldante, ou ir para longe, quase perdida, ou que as sarças me arranhassem e me rasgassem as vestes; e não me importava se, depois, em casa, ralhassem comigo!

Acho que teria sido mais feliz se nunca tivesse saído daquele lugar, se tivesse passado a vida inteira no campo. Desgraçadamente, ainda criança, tive que me despedir daquela vida livre e rústica e desligar-me de todas aquelas paragens familiares. Tinha apenas doze anos quando nos mudamos para Petersburgo. Ah, lembro-me de como foram tristes os preparativos para a partida. Como chorava ao me despedir de tudo aquilo que amava! Ainda recordo que me atirei no pescoço do paizinho, pedindo-lhe, com lágrimas nos olhos, que ficássemos um pouquinho mais na aldeia. O paizinho começou a gritar, a mãezinha chorava, dizia que era preciso partir, que as circunstâncias obrigavam. O velho príncipe P. havia morrido. Os herdeiros recusaram os serviços de meu pai. O meu pai tinha algum dinheiro, investido em negócios com indivíduos que residiam em Petersburgo. Com a esperança de melhorar a sua situação, entendeu que era preciso estar em Petersburgo. Mais tarde é que eu viria a saber de tudo isso, por minha mãezinha. Ali nos instalamos no lado Peterburguês[11], onde ficamos até a morte do paizinho.

Como foi duro acostumar-me àquela nova vida! Chegamos a Petersburgo no outono. Quando saímos da

---

[11] *Peterbugskaya Storona*, fica numa ilha no delta do rio Neva; era, em fins do século XIX, um dos bairros mais pobres de São Petersburgo, onde peregrinava Xênia Grigorievna, que se transformaria em santa pela Igreja Ortodoxa. (N. do T.)

aldeia, o dia estava ensolarado, claro, diáfano, morno; os trabalhos no campo terminavam; o trigo já estava amontoado nas altas medas e em torno delas voavam inquietos bandos de passarinhos trinadores; era tudo claro e alegre; mas ao entrar na cidade, chovia, era o frio outonal, o mau tempo, o barro, uma multidão de seres desconhecidos, inóspitos, mal-humorados, descontentes. Nós nos instalamos da melhor maneira que pudemos! E demorou para termos uma casa, finalmente, organizada. Meu paizinho nunca ficava em casa, a mãezinha sempre atarefada; de sorte que esqueceram-se de mim por completo. Foi triste levantar-me de manhã depois da primeira noite na nova casa. As nossas janelas davam para uma cerca amarela. Na rua só se via lama. Uns poucos transeuntes passavam, todos muito bem agasalhados, pois tinham muito frio.

Em nossa casa só havia tristeza e um tédio insuportáveis. Praticamente não tínhamos parentes nem conhecidos. Anna Fiodorovna não falava com meu paizinho (ele lhe devia uma soma qualquer). Às vezes apareciam algumas pessoas que vinham tratar de negócios, e no geral discutiam e gritavam. E quando aqueles homens saíam, o paizinho ficava sempre triste e de mau humor, horas inteiras dando voltas para lá e para cá, carrancudo, sem dizer uma palavra. A mãezinha não se atrevia a abrir a boca. Eu me encolhia num canto com um livro na mão, nem ousava me mexer.

Três meses depois da nossa chegada a Petersburgo, puseram-me num internato. Que tristeza senti naqueles primeiros dias, entre tanta gente desconhecida! Era tudo tão seco, antipático, hostil, e tão pouco atraente; as professoras gritavam, as companheiras zombavam, e eu ficava encolhida. Que rigor era aquele! Tudo tinha que ser feito na hora determinada e pontualmente. A comida na mesa coletiva, as aulas cansativas, os professores enfadonhos: no princípio tudo aquilo me atormentava, era torturante. Nem dormir sequer conseguia. Quantas noites longas, tediosas e frias passo em claro, chorando! À noite, quando as outras meninas estudam ou repassam as lições, eu fico quietinha, com o livro na frente, e não me atrevo a me mexer; mas meus pensamentos voam para minha casa, me lembro de meus pais e de minha boa e velha ama e das suas histórias.. ah, que nostalgia se apodera de mim! Recordo com prazer especial a menor coisinha da casa... E assim fico pensando: como seria bom estar agora em casa! Estaria sentada na sala de jantar, junto à mesa, sobre a qual borbulhava o samovar, ao redor da qual estavam sentados meus pais: que prazer, que coisa tão acolhedora e familiar... Como gostaria, penso, de agora abraçar minha mãe, forte, muito forte e com muito ardor! E penso tanto naquilo, penso tanto que a saudade me faz chorar sorrateiramente, reprimindo as lágrimas, e já não suporto as lições que não me entram na cabeça. E como não podia deixar a lição para o dia seguinte; sonho toda a noite com a professora, com a *madame* e com as companheiras de classe; toda a noite falo a lição em sonho, mas no dia seguinte não sei de nada. E não há outro remédio: põem-me de castigo, de joelhos, só me dão um prato à hora da comida. Eu vivia, pois, sempre tristonha e taciturna. No começo todas as meninas riam de mim, zombavam, distraíam-me quando respondia às questões nas aulas, beliscavam-me quando íamos em fila dupla para almoçar ou tomar chá, queixavam-se de mim à professora. Mas que felicidade quando no sábado, ao fim da tarde, minha boa ama ia, às vezes, buscar-me. Eu abraço a minha boa velhinha, radiante de alegria!

Depois ela me veste, me agasalha, me cobre a cabeça com lenços, mas no caminho eu ando tão depressa que a coitada não pode me acompanhar, e eu durante todo o trajeto não paro de falar, de contar-lhe coisas. Alvoroçada, entro em casa e me jogo nos braços de meus pais, como se fizesse dez anos que não nos vemos. Depois começam as histórias e perguntas, e eu me dano a rir e a correr por toda a casa, saúdo a todos. Com o paizinho as perguntas são mais sérias: acerca dos professores, da matemática, do francês e da gramática de Lhomond[12] – e ficamos todos tão alegres e felizes. Ainda hoje me sinto feliz ao recordar aquelas horas. Eu fazia esforços enormes para aprender bem as lições a fim de agradar o paizinho. Via com clareza que ele se desdobrava por mim, apesar das preocupações cada vez maiores que o atormentavam. Dia após dia se tornava mais triste, descontente e zangado; seu temperamento ficou péssimo; nada estava bem, os negócios, tudo lhe frustrava, e as dívidas iam aumentando de um modo espantoso. Minha mãe não se atrevia a chorar, nem sequer deixar escapar uma queixa para não irritar o paizinho; começou a ficar doente, emagrecia e tossia de uma maneira inquietante. Quando eu volto do internato, em casa só encontro cara triste; minha mãe sorvendo em segredo suas lágrimas, e o paizinho sempre irritado. Começam depois as queixas e as reprovações; minha presença não causa a meu paizinho nenhuma alegria, nenhum consolo, no entanto, ele não mede sacrifícios por mim; mas eu continuo sem entender uma só palavra em francês: em resumo, tudo era culpa minha, todos os fracassos, todas as desditas eram descarregadas em cima de mim e de minha mãezinha. Mas como era possível

[12] Charles François Lhomond (1727-1794), gramático e educador francês. Seu livro *Elementos da Gramática Francesa*, editado em 1828, ficou conhecido em todo o mundo como "Gramática de Lhomond". (N. do T.)

atormentar dessa forma minha pobre mãe? Ao vê-la parecia que o meu coração se dilacerava: suas faces chupadas, os olhos fundos, o aspecto de tísica no rosto! Tudo recaía sobre mim. Geralmente meu paizinho começava queixando-se de alguma ninharia, e depois abria a boca para dizer coisas que só Deus sabe; muitas vezes ficava sem entender uma palavra do que dizia. O que aquela boca não soltava!... Uma hora é a língua francesa, outra hora é que sou imbecil, ou mesmo é a inspetora do internado que é outra idiota; que de modo algum cuida de nossa moral; que ele não conseguiu emprego, e que a gramática de Lhomond não vale nada, que a de Zapolski é muito melhor; que estava gastando muito dinheiro comigo inutilmente, que eu era insensível de coração. Numa palavra, eu, pobre de mim, que me esforçava para decorar palavras e diálogos franceses, era a culpada de tudo, a responsável por tudo! Mas o meu paizinho não agia assim porque não nos amasse, pelo contrário, tinha por nós um carinho desmedido. Só que tinha esse temperamento e ninguém podia fazer nada.

As preocupações, os desgostos, os fracassos levaram o paizinho ao limite: tornou-se desconfiado, amargo, muitas vezes beirava o desespero; começou a descuidar da saúde, até que um dia pegou um resfriado, caiu doente e morreu de um modo tão repentino e inesperado, que durante muitos dias ficamos aturdidas. Minha mãe ficou paralisada, e eu cheguei a temer por sua sanidade. Mas mal meu pai havia morrido, os credores foram aparecendo aos bandos em nossa casa. Nós lhes entregamos tudo o que tínhamos. Tivemos que vender também nossa casinha no lado Petersburguês, que o paizinho havia adquirido meio ano depois de nos mudarmos para Petersburgo. Não sei como o resto foi regularizado, só sei que ficamos sem teto, sem dinheiro, desvalidas, sem recursos... Mamãe estava doente

– uma febre lenta a consumia –; não sabíamos onde achar recursos, não tínhamos o que comer; portanto estávamos resignadas a perecer. Eu acabava de completar quatorze anos. Foi quando pela primeira vez Anna Fiodorovna veio nos visitar. Surgiu diante de nós como proprietária rural e nos assegurou ser nossa parente próxima. Mamãe confirmou que ela era nossa parente, embora distante. Enquanto o meu pai era vivo, ela jamais nos visitara. Agora se apresentava com lágrimas nos olhos, dizendo que tinha pena de nós; que lamentava o nosso infortúnio, mas dava a entender que papai era o culpado por todos os nossos dissabores; que queria viver além de suas possibilidades, que se envolvia com coisas que estavam além de suas capacidades. Manifestou ainda o desejo de nos conhecer melhor, propondo que esquecêssemos o passado; e quando a mãezinha respondeu-lhe que nunca tivera antipatia por ela, pôs-se a chorar com emoção ruidosa, levou mamãe à igreja e encomendou uma missa pela alma do "querido morto" (foi assim que chamou ao meu pai). Depois, fez pomposamente as pazes com a minha mãe.

Após muitos preâmbulos e observações, mostrando com clareza a nossa situação e ponderando nossa absoluta falta de recursos, Anna Fiodorovna ofereceu-se para nos abrigar, segundo dizia, em sua casa. A mãezinha agradeceu sua oferta, mas passou um tempo para se decidir a aceitar o convite; no entanto, vendo que não nos restava outro remédio, disse que aceitava a oferta dela com gratidão. Ainda recordo-me claramente, da manhã em que nos mudamos do lado Petersburguês para a Ilha Vasilievski. Era uma manhã de outono clara, seca e fria. A mãezinha chorava, e eu estava muito triste, como se tivesse um rasgo em meu peito e até a alma doesse. Eram tempos difíceis.

....

....

II

De início, quando ainda não nos havíamos habituado à nova moradia, a mãezinha e eu experimentamos um medo louco de viver com Anna Fiodorovna. Anna Fiodorovna tinha casa própria, na Sexta Linha[13], uma casa de cinco aposentos. Anna Fiodorovna ocupava três deles junto com a minha prima Sacha, sua protegida, uma pobre órfã que havia recolhido e criado. No quarto aposento nos instalamos, e no quinto, que era contíguo ao nosso, estava Pokrovski, um estudante pobre, pensionista de Anna Fiodorovna. Anna Fiodorovna vivia muito bem, muito melhor do que aparentava à primeira vista; mas as fontes de seus lucros eram tão enigmáticas quanto suas ocupações. Andava sempre atarefada, preocupada, andando daqui pra lá, de lá pra cá, saía e entrava na casa muitas vezes ao dia; mas eu não tinha a menor ideia para onde ia nem o que fazia fora de casa. Tinha relações com muita gente, recebia muitas visitas, sempre para tratar de negócios, e só por um par de minutos. Logo que tocava a campainha minha mãezinha me levava para o quarto. Isto irritava muito Anna Fiodorovna, que não deixava de repetir que éramos orgulhosas; o que não condizia com nossa situação, que não tínhamos nada com que se orgulhar, e por horas

---

[13] As ruas paralelas da Ilha Vasilievski (Vassiliévski Óstrov) chamavam-se "Linhas". A Sexta Linha é hoje uma das ruas elegantes da Ilha. (N. do T.).

seguidas continuava nesse tom. Naquela altura eu não entendia as repreensões dela em relação ao orgulho, até porque só agora entendo, ou imagino, por que razão minha mãe resistira a aceitar a hospitalidade de Anna Fiodorovna. Era uma mulher maldosa, a tal Anna Fiodorovna, que se deleitava em nos atormentar sem trégua. Mas para mim ainda hoje é um enigma a razão por que nos convidou para sua casa.

No começo era muito carinhosa, só depois é que mostrou seu verdadeiro caráter, quando viu que estávamos desamparadas e inteiramente à sua mercê. Mais tarde, mostrou-se muito carinhosa comigo, ainda que de uma forma grosseira, chegando à lisonja, mas antes disso, eu e mãezinha tivemos que aguentá-la. A cada instante nos dirigia censuras, e não nos falava de outra coisa senão da ajuda que nos dava. Às visitas nos apresentava como suas parentes pobres, viúva e órfã desvalidas a quem, só por compaixão e caridade cristã, ela havia acolhido sob seu teto e deixado sentar à sua mesa. Na hora das refeições não tirava o olho de cada bocado que púnhamos na boca, mas se não comíamos, ou se comíamos pouco, logo vinha com outra história: saía dizendo que se sua comida não nos parecia muito boa, que nos desculpassem, porque nos dava o que tinha, que não sabia se a nossa era melhor, etc., etc. Continuamente dizia horrores do paizinho; não podia viver sem criticá-lo; que ele se achava melhor que os outros, mas que agora se podia ver a verdade, pois havia deixado uma viúva e uma órfã, que se não tivesse aparecido aquela alma caritativa entre seus parentes – quer dizer, ela – teríamos ficado expostas para morrer de fome no meio da rua. E a coisa não parava por aí. Ouvi-la dava mais asco do que amargura. A mãezinha passava a vida num pranto contínuo, sua saúde piorava dia após dia, definhava a olhos vistos, mas nós, no entanto, trabalhávamos de manhã à noite: costurávamos para fora, o que não era do agrado de Anna Fiodorovna. Dizia que sua casa não era nenhuma oficina de modista. Mas nós tínhamos de nos vestir, guardar algum dinheiro para imprevistos, ter o nosso próprio dinheiro. Assim trabalhávamos com afinco e sempre com a esperança de poder um dia alugar um quartinho para nós duas. Só que, de tanto trabalhar, o estado de minha mãe agravou-se, foi enfraquecendo a cada dia. A doença minava sua existência e a empurrava sem descanso para a tumba. Eu via tudo aquilo, sentia, e não podia fazer nada para evitar.

Os dias transcorriam iguais. Vivíamos uma vida tão isolada, que não parecia que vivíamos numa cidade grande. Com o tempo Anna Fiodorovna foi se acalmando ao ver sua ilimitada superioridade sobre nós, e que não tinha nada que temer. De resto, nunca ninguém a contradizia. Nosso quarto estava separado do dela por um corredor, contíguo ao de Pokrovski, como já falei. O estudante ensinava francês, alemão, história e geografia a Sacha; quer dizer, todas as ciências, como dizia Anna Fiodorovna, e com isso pagava seu aluguel e a alimentação. Sacha era espertinha, embora muito saliente e travessa; tinha naquela altura treze anos. Anna Fiodorovna disse a minha mãe que seria bom que eu também estudasse, já que no internato não acabara os estudos. Naturalmente a mãezinha concordou, com grande prazer, de modo que durante um ano tive aulas com Pokrovski juntamente com Sacha.

Pokrovski era jovem e pobre. Sua pouca saúde não lhe permitia fazer estudos seguidos e sistemáticos e, lá em casa, pela força do hábito lhe chamavam universitário. Vivia tão recolhido e calado em seu quarto que do nosso, contíguo, nem o ouvíamos. Tinha um aspecto físico estranho, um andar desajeitado, um modo tão esquisito de falar, que no principio eu não podia vê-lo sem soltar uma gargalhada. Sacha estava sempre com as suas travessuras, fazendo alguma gozação, especialmente durante as aulas. Pokrovski tinha um ar irritadiço, saía do sério por qualquer coisa, gritava conosco, queixava-se de nós e, muitas vezes, encerrava a aula bruscamente, saindo furioso, para o seu quarto. Lá, ficava dias inteiros sentado, sem se mexer, lendo. Tinha muitos livros e todos em edições primorosas e raras. Dava também aulas em outras duas casas e era pago por isso; mas, apesar disso, jamais tinha dinheiro no bolso, pois gastava tudo com livros.

Com o tempo, conheci-o melhor. Era o homem mais bondoso, decente, o melhor dos homens que até então conhecera. A mãezinha também gostava muito dele. Depois, viria a ser o meu melhor amigo, o que estava mais perto do meu coração, depois da mãezinha, claro.

De início, eu, moça já feita, acompanhava Sacha em suas traquinagens, e passávamos horas imaginando qual a melhor maneira de irritá-lo, de fazer com que perdesse a paciência. Quando se zangava ele ficava tão grotesco que não tínhamos como não dar risadas (ainda hoje me envergonho quando recordo). Numa ocasião lhe provocamos tanto que o pobre começou a chorar, e eu ouvi murmurar entre dentes: "Crianças más"! Aquilo deixou-me confusa; pela primeira vez despertava em mim algo como vergonha, pesar e compaixão. Corei até as orelhas, e quase com lágrimas nos olhos supliquei-lhe que não levasse a mal nossas brincadeiras grosseiras; mas ele fechou o livro e foi para o seu quarto sem terminar a lição. Durante todo o dia os remorsos me atormentaram. A ideia de que nós, umas garotas, o tínhamos feito chorar era para mim insuportável, mas era o que esperávamos: as lágrimas dele; era o que desejávamos, e tínhamos conseguido, por fim, levá-lo a perder a paciência. Havíamos obrigado o pobre rapaz a lembrar-se ainda mais de sua triste condição! Não pude dormir a noite inteira, pois os remorsos me torturavam. Dizem que o arrependimento alivia a alma; pois é o contrário. Não sei como, mas o certo é que, ao meu pesar uniu-se o meu amor-próprio. Não queria que ele me visse como uma criança. Eu tinha então quinze anos.

A partir daquele dia comecei a pensar numa maneira de fazer com que Pokrovski mudasse de opinião ao meu respeito. Mas minha timidez impedia-me de pôr em prática algum dos mil projetos que me ocorriam; não me decidia por nada e tudo ficava em planos e sonhos (e que sonhos, meu Deus!). Mas dali em diante não voltei a participar das brincadeiras estúpidas de Sacha. Acontece que Pokrovski já não se irritava conosco, mas isso não era o bastante para o meu amor-próprio.

Direi agora algumas palavras sobre o homem mais estranho e mais digno de compaixão que conheci em minha vida. E quero fazê-lo agora, nestas anotações, porque até então eu não lhe tinha prestado nenhuma atenção, de modo que tudo o que dizia respeito a Pokrovski passou a me interessar muito.

De vez em quando aparecia lá em casa um velhinho, mal vestido e sujo, com o cabelo branco, desajeitado, muito estranho em seus trejeitos. À primeira vista parecia que o homem tinha vergonha de si mesmo, e que por isso se encolhia constantemente, ou parecia reduzir-se a nada; e aqueles seus movimentos e gestos inseguros e envergonhados faziam com que, sem nos enganarmos, concluíssemos que não batia bem do juízo. Sempre que vem nos visitar, fica plantado atrás da porta envidraçada sem se atrever a entrar. Quando por pura casualidade alguém passa por perto – Sacha, eu, ou algum criado que o trata com alguma bondade – começa a acenar, a fazer gestos, e só quando lhe acenamos com a cabeça (sinal de que podia entrar e que não havia estranhos em casa), é que ele abria lentamente a porta e entrava sorrindo, esfregava as mãos, e se dirigia com a ponta dos pés para o quarto de Pokrovski. Aquele velhinho era seu pai.

Mais tarde vim a saber mais detalhadamente a história do pobre ancião. Outrora havia sido empregado não sei de onde, mas por incapacidade não conseguiu passar do posto mais baixo no serviço. Ao ficar viúvo de sua primeira mulher (a mãe do estudante Pokrovski), voltou a casar-se com a filha de um comerciante. Com a chegada da nova mulher, não houve mais paz nem tranquilidade em sua casa; a nova consorte virou uma megera e tratava todos a reboque. Seu enteado, o estudante Pokrovski, que na ocasião tinha dez anos, teve que padecer muito por conta do ódio que sua madrasta lhe tinha; mas, por sorte, as coisas se ajeitaram de outro modo. O proprietário rural Bíkov, que conhecia o funcionário Pokrovski e fora seu benfeitor no passado, decidiu proteger o menino e o colocou na escola. Interessou-se pelo garoto porque conhecera sua defunta mãe; esta, quando Bíkov ainda era solteiro, tinha sido ajudada por Anna Fiodorovna, que mediou seu casamento com o funcionário Pokrovski. Naquela ocasião, o senhor Bíkov, como amigo íntimo de Anna Fiodorovna, movido pela generosidade, deu à noiva cinco mil rublos de dote. Onde foi parar todo esse dinheiro? Ninguém sabe. Assim me contou Anna Fiodorovna; o próprio estudante Pokrovski não gostava de comentar assuntos familiares. Dizem que a sua mãe era muito bonita, e me parece estranho que tenha se casado tão mal, com um homem tão insignificante... Morreu ainda jovem, quatro anos depois de casada.

Depois da escola primária, o jovem Pokrovski entrou para um ginásio, e dali para a Universidade. O senhor Bíkov, que frequentemente vinha a Petersburgo, não o deixou sem proteção. Desgraçadamente, Pokrovski não pôde, por causa de sua saúde delicada, prosseguir com os estudos na Universidade. Foi quando o senhor Bíkov apresentou-o pessoalmente a Anna Fiodorovna, e ele foi admitido na casa, na condição de ensinar a Sacha tudo o que fosse necessário.

Mas o velho Pokrovski, angustiado com as crueldades da sua segunda mulher, entregou-se ao pior dos vícios, a bebida, ao ponto de estar quase sempre embriagado. Sua mulher surrava-lhe, punha-lhe para dormir na cozinha, e de tal modo desgastou-o que o coitado acostumou-se aos espancamentos e aguentava, sem dizer uma palavra, todos os maus tratos. Não era ainda muito velho, mas essa vida o levou praticamente à demência. O único sinal de sentimentos nobres que aquele homem manifestava era o seu ilimitado amor pelo filho. Diziam que o jovem Pokrovski parecia muito com sua mãe como duas gotas de água. É possível que a lembrança da primeira mulher, que havia sido tão bondosa, gerasse no coração daquele velho degenerado esse imenso amor pelo filho. O velho não falava de outra coisa que não fosse o filho, visitava-o toda semana, pelo menos duas vezes. E não se atrevia a visitá-lo com mais frequência, porque o próprio filho não aguentava aquelas visitas paternas. Dentre todos os seus defeitos, estava o desrespeito pelo pai. É certo que o velho era, por vezes, sumamente insuportável. Em primeiro lugar, mostrava-se terrivelmente curioso; depois, não deixava o filho trabalhar com sua tagarelice insignificante e suas contínuas e absurdas perguntas; por último, nem sempre se apresentava sóbrio. Com o tempo, o filho conseguiu reeducar o velho quanto aos seus maus costumes, sua curiosidade e sua tagarelice e, finalmente, o pai acabou obedecendo-lhe como a um deus e não se atrevia mais a abrir a boca sem a permissão do filho.

O pobre velho não tinha palavras para admirar e pôr nas nuvens o seu Pétienka[14] (assim chamava ao filho). Quando ia vê-lo quase sempre aparecia com ar preocupado, tímido, e até aflito, provavelmente porque nunca sabia como o filho o receberia. No geral, demorava muito tempo para decidir-se a entrar, e quando me avistava da porta aproximava-se e ficava meia hora pelo menos me perguntando – e então, como está o Pétienka? está bem de saúde?, como está de humor, está trabalhando no momento em algo importante? está escrevendo ou estudando alguma obra filosófica? E depois que o tranquilizava suficientemente e o animava, o velho resolvia entrar, abrindo lenta e cuidadosamente a porta do quarto de seu Pétienka; apontava primeiro a cabeça e, só quando

[14] Diminutivo de Piotr. (N. do T.)

via que o filho estava de bom humor ou respondia à sua saudação com um gesto, entrava resolutamente no quarto, tirava o capote e o chapéu, sempre amarrotado e furado, quando não com uma aba partida – pendurava tudo num prego, tudo isso com o maior cuidado, sem fazer qualquer ruído; depois sentava-se com jeito numa cadeira e não tirava os olhos do filho, seguindo todos os seus movimentos, tentando adivinhar o que se passava no espírito de seu Pétienka. Caso percebesse que naquele dia o filho estava de mau humor, levantava-se e dizia que tinha vindo "só por um minutinho, Pétienka, passei aqui por perto, fiz um longo trajeto, e disse a mim mesmo: vou dar uma passadinha, só para vê-lo, para descansar um pouco. Agora estou indo, Pétienka". E sem mais uma palavra, recolhia com muito cuidado seu velho e puído capote, seu chapéu, abria a porta devagarzinho e saía, esforçando-se ainda para sorrir e conter no peito a amargura, para que seu filho não a percebesse.

Mas quando o filho o recebia afetuosamente, o pobre velho não cabia em si de alegria. Seu rosto brilhava, o prazer transparecia em seus gestos e movimentos. E se o filho conversava com ele, o velho levantava-se um pouquinho da cadeira e respondia num tom humilde e servil, quase com veneração, esforçando-se sempre para escolher as melhores expressões, que, como é natural, naquele caso pareciam cômicas. Acrescente-se a isso que o velho não sabia falar de um modo categórico; a cada duas palavras começava a se enrolar, se confundia, não sabia o que fazer com as mãos, nem consigo mesmo; terminava por gaguejar nas respostas, repetindo-as baixinho, como querendo corrigir-se. Quando por casualidade conseguia responder direito, ficava cheio, ajeitava o colete, a gravata, tirava o pó das lapelas, e seu semblante assumia a expressão de certa dignidade. Às vezes sentia-se tão animado, que quase se tornava atrevido; levantava-se da cadeira, dirigia-se às prateleiras dos livros, pegava um deles e começava a ler, qualquer livro que fosse. E fazia tudo isto com um ar de indiferença e sangue frio, como se estivesse sempre autorizado a mexer nos livros do filho, como se o carinho do filho para com ele fosse coisa corrente. Mas em certa ocasião pude ver muito bem como o velho se assustou quando o filho lhe pediu que não mexesse nos livros; atrapalhou-se, apressou-se a reparar seu erro, quis colocar o livro que pegara no lugar, mas o livro escorregou e caiu no chão; tornou a pegá-lo rapidamente, tentou encaixá-lo aqui e ali, e ao colocá-lo em falso e deixá-lo cair de novo, de canto desta vez, sorriu com sorriso forçado, pôs-se avermelhado e acabou por não atinar como se desculpar por seu erro. Pouco a pouco Pokrovski foi conseguindo, com seus conselhos e afetuosas reprimendas, afastar o pai de seus maus costumes, e quando o velho se mostrava por três vezes seguidas sóbrio, dava-lhe, ao despedir-se, vinte e cinco ou cinquenta copeques, se não mais. Às vezes comprava-lhe calçados, um colete ou alguma gravata, e quando o velho se apresentava depois com eles, vinha pimpão como um galo. Às vezes também vinha nos visitar e trazia para mim e Sacha galos de pão-de-mel ou maçãs, e falava conosco do seu Pétienka.. Pedia-nos que estivéssemos atentas e sérias durante as aulas, e respeitássemos nosso professor, pois Pétienka era um bom filho, o melhor dos filhos e, acima de tudo, um filho muito culto. Ao dizer isto piscava comicamente o olho esquerdo e se dava tal importância, que nós, geralmente, não podíamos nos conter e nos danávamos a rir. O velhinho gostava muito da mãezinha, mas odiava Anna Fiodorovna, embora diante dela se mostrasse mais quieto que a água e mais baixo que o capim.

Não demorou para que eu deixasse de assistir às aulas de Pokrovski, que continuava a considerar-me uma criança, uma mocinha mal educada, da mesma forma que a Sacha. Isso me ofendia muito, pois era verdade que eu me esmerara para mudar minha conduta anterior. Mas inutilmente, pois ele não me dava atenção, o que me feria e me irritava cada vez mais. Quase não falava com Pokrovski fora das aulas, mas nem era capaz de falar mesmo. Ficava corada, perturbava-me, e depois ia chorar às escondidas num canto, irritada comigo mesma.

Não sei até onde esse estado de coisas teria me levado se uma estranha casualidade não contribuísse para nossa aproximação. Ocorreu o seguinte: uma noite, estando mamãe sentada com Anna Fiodorovna, entrei furtivamente no quarto de Pokrovski. Sabia que ele não estava em casa, e nem sei como me passou pela cabeça entrar daquela forma no quarto de um homem. Era a primeira vez que entrava ali, apesar de fazer mais de um ano que vivíamos parede e meia. O coração batia tão forte que parecia querer saltar. Possuída de rara curiosidade, olhei ao redor; o quarto de Pokrovski não podia ser mais simples, mobiliado pobremente, e nem falemos da desordem que nele reinava. Nas paredes havia cinco prateleiras compridas com livros. Na mesa e sobre as cadeiras havia papéis e folhas espalhados. Por todo lado livros e papéis! De repente me veio à cabeça uma estranha ideia: a de que minha amizade e mesmo o meu amor não podiam significar nada para ele. Ele era tão culto, e eu tão ignorante, não sabia nada, não lia nada, não tinha um livro sequer... Com que inveja contemplava aquelas prateleiras compridas, entulhadas de livros. Tristeza, despeito e raiva apoderaram-se de mim! Então tive uma vontade enorme de ler todos aqueles livros, seus livros, de lê-los todos, do primeiro ao último, o mais depressa possível. Não sei, talvez pensasse que, lendo tudo aquilo, soubesse tanto quanto ele, seria mais digna de sua amizade. O certo é que me dirigi resolvida à primeira prateleira; sem vacilar, sequer refletir, peguei o primeiro livro que me veio às mãos, por certo um livro muito velho e cheio de pó e, tremendo, assustada e nervosa, levei-o para o meu quarto para lê-lo à noite, à luz do candeeiro, depois que a mãezinha adormecesse.

Mas qual não foi minha decepção quando, encontrando-me em meu quarto, abri aquele livro furtado e pude ver que se tratava de um livro velho, amarelado e roído pelas traças, escrito em latim. Não pensei duas vezes, e voltei ao quarto de Pokrovski. Mas quando colocava o livro em seu lugar, eis que ouço barulho no corredor, passos que se aproximavam. Quis apressar-me, mas o livro que estivera tão bem encaixado, não cabia mais no lugar, porque os demais haviam ocupado o espaço todo. Não tive forças para arrumar de novo o livro, ainda que o empurrasse com vontade. O prego enferrujado que sustentava um dos extremos da prateleira, que parecia ter esperado por esse momento para se partir... partiu-se. Uma ponta da prateleira veio abaixo, e os livros caíram no chão fazendo um enorme barulho. A porta abriu-se e Pokrovski entrou no quarto.

Devo dizer previamente que ele não tolerava que alguém

mexesse em suas coisas. Ai daquele que se atrevesse a tocar em seus livros! Podem imaginar, pois, sua indignação ao ver todos os seus livros jogados pelo chão, grandes e pequenos, encadernados, indo parar debaixo da mesa e das cadeiras, por todo o quarto. Eu quis correr, mas já era tarde. "Acabou-se, pensei, acabou-se para sempre! Estou perdida! Sou estúpida como uma menina de dez anos, sou uma idiota! Sou infantil e estúpida!" Pokrovski ficou terrivelmente zangado. "Era só o que faltava! – gritou ele – Não tem vergonha, senhorita? Quando é que vai ter juízo?" E pôs-se a apanhar os livros. Eu também inclinei-me para ajudar, mas ele me proibiu gritando: "Não é preciso, não é preciso! Seria melhor que não se metesse onde não é chamada." Minha intenção de ajudar pareceu amansá-lo um pouco, pois continuou falando num tom mais suave, religioso, no mesmo tom que um pouco antes me falara como professor: "Olhe, quando é que, finalmente, se tornará séria, quando terá juízo? Veja que não é mais nenhuma menina, já tem quinze anos!". E eis que, querendo se certificar de que eu já não era mesmo nenhuma criança, olhou-me de frente e corou até as orelhas. Não percebi e fiquei diante dele, a contemplá-lo, atônita. Ele levantou-se, deu dois passos em minha direção com um ar confuso, e atrapalhado murmurou algo em voz baixa, como que se desculpando por não ter notado até então que eu já era uma moça feita. Finalmente, compreendi. Não sei o que aconteceu comigo: foi a minha vez de me confundir; fixei o olhar para o chão, envergonhada, mais corada do que o próprio Pokrovski; cobri o rosto com as mãos e saí correndo do quarto dele.

Não sabia o que fazer, onde esconder minha vergonha. Pensar que ele havia me surpreendido em seu quarto!

Durante três dias não tive coragem de olhar para ele. Ficava ruborizada ao ponto das lágrimas saltarem. Os pensamentos mais estranhos e grotescos não saíam de minha cabeça. Um dos mais desvairados era o de ir procurá-lo, explicar-lhe tudo, confessar-lhe tudo, contar-lhe tudo com absoluta franqueza e assegurar-lhe que não havia agido como uma garota estúpida, mas que minha intenção era boa. Estava quase decidida a fazer isso, quando, por sorte, faltou-me a coragem. Como teria sido a besteira? Ainda hoje tenho vergonha só de me lembrar de tudo isto.

Alguns dias depois a mãezinha caiu gravemente doente. Havia dois dias que não se levantava e, na terceira noite, a febre aumentou e começou a delirar. Eu já passara a primeira noite sem dormir, à sua cabeceira, dando-lhe de beber e administrando-lhe nas horas indicadas os medicamentos que o doutor prescrevera. Na segunda noite, já não tinha forças, estava esgotada. De quando em quando o sono batia, os olhos turvavam, a cabeça girava e, a cada instante, parecia que ia cair de cansaço, mas então um leve gemido da mãezinha acordava-me, eu estremecia, ficava refeita por um instante, mas logo a sonolência me vencia. A tortura me assaltava. Não sei, não consigo me lembrar, mas um pesadelo, uma visão horrenda surgiu em minha mente durante minha luta com o sono. Acordei sobressaltada. O quarto estava às escuras; a lamparina apagava-se, as manchas da luz da lua ora iluminavam o aposento, ora se reduziam a uma pequena chama azulada projetada nas paredes sombrias e trêmulas, para momentos depois extinguir-se completamente. Por qualquer motivo, senti medo, um tremor apoderou-se de mim; minha imaginação estava abalada pelo horrendo pesadelo; a agonia oprimia-me o coração... Pulei da cadeira cambaleando e gritei, com uma sensação torturante e dolorosa. Nesse instante a porta abriu-se e Pokrovski entrou no nosso quarto.

Só agora recordo que voltei a mim em seus braços. Acomodou-me com cuidado numa poltrona, deu-me um copo de água e fez-me, com ar preocupado, uma série de perguntas. Não lembro do que lhe respondia. "Está doente, senhorita, muito doente – disse-me ele, segurando minha mão –, está febril, está se acabando, brincando com a saúde; acalme-se, deite-se, durma. Acordo-a daqui a duas horas, acalme-se... Deite-se, deite-se", dizia-me ele, sem que eu objetasse. O cansaço tirou-me as forças; os meus olhos fechavam-se de puro cansaço. Deitei-me na poltrona, com o firme propósito de dormir meia horinha, mas dormi até o amanhecer. Pokrovski acordou-me somente na hora de dar o remédio à mãezinha.

No dia seguinte, quando, depois de um rápido descanso, eu me preparava para ficar novamente à cabeceira da mãezinha, resolvida que daquela vez não dormiria, perto das onze, bateram na porta, abri, e era Pokrovski. "Sei que é cansativo ficar aqui sozinha – disse ele. – Tome este livro para que se distraia um pouco." Peguei no livro; não me lembro que livro era; acho que sequer o abri, ou apenas dei uma folheada. Certa excitação não me deixava dormir, não ficava quieta; levantava-me muitas vezes e começava a andar pelo quarto. Um estranho contentamento invadia todo o meu ser. Estava satisfeita com a atenção de Pokrovski. Orgulhava-me da sua preocupação para comigo. Durante toda noite pensei e sonhei. À noite, Pokrovski não apareceu mais, e eu sabia muito bem que não viria, então ficava a pensar na noite seguinte.

Na noite seguinte, quando todos já estavam deitados, Pokrovski abriu a minha porta e pôs-se a falar comigo sem entrar. Não me recordo agora de uma só palavra do que me disse, só me lembro que estava tímida, atrapalhada, de estar feliz comigo mesma, e aguardava impaciente o fim da conversa, uma conversa que ansiara tanto e sonhara todo o dia, chegando inclusive a inventar perguntas e respostas. Foi a partir daquele encontro que nasceu a nossa amizade. Todo o tempo que mamãe esteve doente, passamos juntos muitas horas todas as noites. Pouco a pouco vencia minha timidez, ainda que isso não contribuísse para que eu deixasse de me sentir descontente comigo mesma depois de cada conversa entre nós. Por outro lado, enchia-me de uma secreta alegria e orgulho, perceber que ele, por mim, abandonava seus insuportáveis livros. Uma vez a conversa acabou recaindo no episódio da queda da prateleira, mas falamos disso em tom de brincadeira. Aquele foi um momento estranho: creio que fui *demasiado* sincera; fui arrebatada por um ardor e uma exaltação tamanha, e confessei-lhe tudo, que queria estudar, saber coisas, que era insuportável que me considerasse uma garotinha. Digo mesmo que naquele momento estava com um estado de espírito especial, o coração terno, os olhos molhados de lágrimas – e não lhe escondi nada, contei-lhe tudo, tudo: a amizade que sentia por ele, o carinho que me inspirava, minha ânsia de amá-lo, de estar muito próxima de seu coração, de consolá-lo, de animá-lo. Ele olhou-me de um modo estranho, parecia embaraçado e surpreso ao mesmo tempo e não disse uma palavra. Aquilo doeu-me, deixou-me triste. Pensei que ele não me entendia, que devia me achar ridícula. De súbito comecei a chorar como uma criança; era impossível conter-me, não conseguia dominar-me. Então ele tomou-me as mãos, beijou-as, apertou-as contra o seu peito, e pôs-se a falar tentando animar-me e consolar-me. Estava comovido, pois dava mostras de grande emoção e, embora não lembre do que me dissera, só sei que eu chorava, ria, tornava a chorar, corava, e de tanto contentamento, não conseguia articular uma palavra. Mas também notei, apesar de minha emoção, que Pokrovski ainda estava perturbado, tenso. Estava claro que se espantara com meu êxtase, com aquele arrebatamento, com aquele repentino e ardente sentimento de amizade. Talvez ele, de início, apenas sentisse curiosidade; depois as suas hesitações desapareceram e já aceitava com um sentimento tão sincero como minha afeição por ele, minhas palavras ternas, minha atenção, e respondia a tudo com a mesma atenção, carinho, como um verdadeiro amigo, como se fosse um irmão. O meu coração enchia-se de calor, e sua afeição fazia-me bem. Não lhe escondia nada, nem me valia de dissimulação, me mostrava como eu era, e cada dia que passava aumentava sua afeição por mim.

Verdadeiramente não poderia dizer do que não falamos naquelas horas torturantes e ao mesmo tempo tão deliciosas dos nossos encontros noturnos, à luz trêmula da lamparina que ardia e quase ao pé da cama de minha pobre mãe doente! Falávamos de tudo o que viesse à cabeça, de tudo aquilo que enchia nossos corações, e éramos quase felizes. Ah, aquele foi um tempo triste e ao mesmo tempo feliz – as duas coisas juntas; e hoje mesmo ainda é triste e alegre para mim recordá-lo. As lembranças, sejam alegres ou tristes, são sempre torturantes; pelo menos é o que ocorre comigo, mas esse tormento vem acompanhado de certa dose de prazer. E quando o coração pesa, dói, quando se dilacera e se entristece, as lembranças servem-lhe de lenitivo, reanimam, como o fresco orvalho que num entardecer, depois de um dia calorento, refresca as pobres flores murchas pelo ardor do sol.

Mamãe estava melhorando, mas eu continuava velando-a pelas noites à sua cabeceira. Pokrovski emprestava-me livros; no começo, eu lia para não adormecer, mas depois começaram a interessar-me, e acabei devorando-os com verdadeira ânsia; abria-se para mim um novo mundo de coisas até ali desconhecidas e insuspeitadas. Novos pensamentos, novas impressões desbordavam em minha alma. E quanto mais me excitava, quanto mais confusão, quanto mais esforço para entender fazia, aquelas novas impressões mexiam com minha alma; num só repente penetraram em meu coração e não lhe deram mais sossego. Um caos estranho alvoroçava todo o meu ser. Mas, apesar de tudo, essa dominação exercida sobre meu espírito não era nem podia ser capaz de aniquilar-me por completo. Eu era demasiado idealista e sonhadora, e aquilo me salvou.

Depois que minha mãe teve uma melhora, os nossos encontros noturnos e nossas longas conversas cessaram. Só de quando em quando conseguíamos trocar algumas palavras insignificantes e ocas; mas consolava-me pensando que cada uma daquelas palavras insossas tinha um significado especial, dando-lhe a entender algo secreto. Minha vida estava cheia, era feliz, tranquila, uma felicidade serena. E assim se passaram umas quantas semanas.

Um dia o velho Pokrovski entrou em nosso quarto, como fazia casualmente. Falava pelos cotovelos, dava mostras de estar muito contente, e até se propôs a brincar e contar piadas – piadas a seu modo, claro –, até que, por fim, nos revelou a chave de seu bom humor, dizendo-nos que dali a uma semana seria o aniversário do seu Pétienka e que todos os anos, sem falta, visitaria o filho; que colocaria seu colete novo, e que sua mulher prometera comprar-lhe umas botas novas. Em resumo, o velho estava completamente feliz e não se cansava de falar.

O aniversário dele! Isso passou a martelar-me dia e noite. Tomei a decisão de provar a Pétienka a minha amizade e dar-lhe um presente. Mas que presente? Ocorreu-me, por fim, a ideia de dar-lhe livros. Sabia que ele sonhava com a última edição das obras completas de Pushkin, e decidi comprar o Pushkin. Eu tinha uns trinta rublos que ganhara com meu trabalho de costura. Havia reservado essa quantia para comprar um vestido novo. Imediatamente mandei a nossa cozinheira, a velha Matriona, à livraria mais próxima para que se informasse do preço da obra. Oh, tristeza! Os onze volumes, encadernados, custavam sessenta rublos. Onde poderia arranjar esse dinheiro? Por mais voltas que desse em minha imaginação, não encontrava uma solução para o problema. Não queria pedir dinheiro à mãezinha. Com certeza ela me daria, mas iria perguntar para que precisava, e todos saberiam que queria dar um presente a Pétienka, além disso, o presente seria como uma recompensa, um pagamento de um ano de trabalho de Pokrovski. Mas o que eu queria mesmo era dar-lhe um presente só meu e que fosse um segredo para todos os demais. Pelo trabalho dele com minha educação, guardaria eterna gratidão, sem qualquer recompensa além da nossa amizade. Por fim, consegui encontrar uma solução.

Sabia que nos alfarrabistas do Gostíni Dvor[15] poderia adquirir livros pela metade do preço, se regateássemos um pouco; na maioria das vezes encontravam-se livros pouco usados, semi-novos. Resolvi ir ao Gostíni Dvor. Foi o que fiz no dia seguinte, aproveitando uma ida às compras com Matriona, visto que a mãezinha não se sentia bem e Anna Fiodorovna precisava de qualquer coisa mas não queria sair de casa.

Não demorei a encontrar a cobiçada edição de Pushkin, com uma encadernação primorosa e bem conservada. Perguntei o preço; no começo o livreiro pediu-me mais do que custava nas livrarias; regateei, mostrei-me desinteressada, sai da loja, voltei, até que o livreiro fixou o preço em dez rublos de prata[16]. Como me divertia regatear! A pobre Matriona não podia compreender o que acontecia, nem porque aquele meu empenho em comprar tantos livros. Mas que tristeza, eu só dispunha de trinta rublos em papel, e o alfarrabista batia o pé e por nada cedia. Pedi-lhe, cansei-me de lhe pedir, até que abrandou e baixou um pouquinho mais o preço, só dois rublos e meio, mas jurou e perjurou que não baixaria mais, que só o fazia porque era para mim, uma garota bonita, simpática, e que com outro cliente não faria algo semelhante. Mas faltavam-me dois rublos e meio! Eu estava a ponto de chorar de desgosto. Mas naquele instante, para minha salvação, aconteceu algo inesperado.

Perto de mim, junto a outra banca de livros, vi o velho

---

[15] Centro comercial de São Petersburgo, uma das primeiras lojas de departamentos do mundo. Sua construção iniciou-se em 1789, substituindo prédio de 1590. Exemplo de arquitetura neoclássica, com colunas coríntias, tinha em finais do século XIX cerca de 340 lojas. (N. do T.)

[16] O sistema monetário na Rússia é decimal e um rublo tem cem copeques. Havia o chamado rublo de prata e o rublo em papel. Um rublo de prata equivalia a 3 rublos e 50 copeques em papel-moeda. (N. do T.)

Pokrovski rodeado por quatro ou cinco vendedores que pareciam já tê-lo desorientado com suas veementes ponderações. Cada um dos vendedores lhe oferecia livros, os mais diversos, mas ele se recusava a comprar. O pobre velho estava totalmente encurralado, indeciso, sem saber que livro comprar entre os tantos que queriam impor-lhe. Aproximei-me dele e perguntei-lhe o que procurava. O velho alegrou-se ao me ver, pois me adorava, talvez tanto como adorava o seu Pétienka. "Estou comprando uns livrinhos, Varvara Aleksieievna – respondeu-me – para o Pétienka. O aniversário dele está se aproximando e, como o que mais gosta neste mundo são os livros, pensei em comprar para ele..." O velho expressava-se sempre de um modo cômico, mas desta vez estava completamente atrapalhado. Por qualquer livro em que se mostrava interessado pediam-lhe um, dois, três rublos de prata; já nem perguntava o preço dos volumes maiores, limitando-se a olhá-los de soslaio com um ar invejoso, a folheá-los um pouquinho, muito lentamente; olhava-os, virava-os, revirava-os, depois voltava a colocá-los no lugar. "Não, não, é muito caro – dizia à meia voz –, vejamos estes outros", e começava a mexer nuns cadernos fininhos, coletâneas de canções e almanaques velhos que, naturalmente, eram baratinhos. "Mas para que vai comprar essas coisas? – perguntei-lhe. – Esses folhetos não valem nada." "Ah, não, não – respondeu-me –, há aqui uns livros tão bonitinhos!" E proferia estas palavras com tanta veemência e melancolia que me pareceu que ia começar a chorar de desgosto, como quem queria dizer: por que os bons livros são tão caros? Mais um pouco e as lágrimas escorreriam por seu nariz vermelho. Apressei-me a perguntar de quanto dinheiro dispunha. "Aqui está tudo – e o pobre tirou todo o capital que tinha enrolado num pedaço de jornal todo sujo –. Meio rublinho, uma moeda de cinqüenta copeques, uma de vinte, e mais uns vinte copeques em cobre." Arrastei-o para o meu livreiro. "Veja, há aqui onze volumes que custam apenas trinta e dois rublos e cinqüenta copeques; tenho trinta rublos em notas; dê-me os dois e meio que faltam e oferecemos-lhe os livros em conjunto." O velho ficou louco de alegria, tirou todo o seu dinheiro com as mãos trêmulas, e o livreiro carregou-o com nossa improvisada biblioteca. O pobre velho foi guardando os livros em todos os bolsos, acomodou alguns debaixo dos braços, os restantes nas mãos, e foi depressa para casa com eles, dando-me sua palavra formal de que os levaria no dia seguinte sem que ninguém visse.

De fato, no dia seguinte apresentou-se em casa com o intuito de visitar o filho, ficou em seu quarto, como de costume, uma hora, depois passou em nosso quarto, sentou-se ao meu lado com um ar engraçado e misterioso. Sorrindo e esfregando as mãos, orgulhoso de possuir um segredo, disse-me que todos os livros estavam em casa, sem que ninguém tivesse visto, e que estavam sob a proteção de Matriona. Depois, como é natural, a conversa recaiu sobre a solene festa que se aproximava; em seguida o velho pôs-se a falar dela com muito entusiasmo, da maneira como entregaríamos o presente, e quanto mais se aprofundava neste tema mais se mostrava claramente para mim que o pobre tinha algo a dizer, mas que não queria ou não sabia expressar. Eu me calava e aguardava. Sua misteriosa alegria, a alegria do segredo que transparecia em seus gestos, nos trejeitos faciais, no piscar do olho esquerdo, ia pouco a pouco se dissipando. Saltava à vista que estava ficando inquieto e triste, até que, por fim, não se conteve:

– Escute – começou ele com voz titubeante –, escute, Varvara Aleksieievna... Sabe de uma coisa, Varvara Aleksieievna? – o pobre velho estava muito embaraçado – . Quando chegar o dia de aniversário dele a menina pega dez livros e o presenteia, que é sua parte; depois eu lhe dou o último volume da minha parte. Deste modo a menina dá o seu presente e eu dou o meu; ambos teremos um presente para oferecer. – Aqui, o velho enrolou-se todo, calou, não sabia como continuar. Olhei para ele; estava sentadinho aguardando a minha reposta. "Mas por que não quer que lhe demos o presente em conjunto, Zakhar Pietróvitch?" "Não é por nada, Varvara Aleksieievna, é que..." O velho mostrou-se confuso, não conseguia se expressar, não conseguia continuar.

– Veja – explicou, depois de uma breve pausa. – Eu, Varvara Aleksieievna, às vezes não me comporto bem, quer dizer, quase sempre me comporto mal, acostumado com as coisas ruins, ou seja, sabe como é... às vezes faz muito frio na rua.... e depois, os desgostos, ou então sinto-me triste, ou surge qualquer coisa ruim... e aí, às vezes, não me comporto bem, às vezes bebo um pouco a mais. Para o meu Pietrucha é um aborrecimento. Fica zangado comigo, Varvara Aleksieievna, repreende-me, e põe-se a explicar-me o que é a moral. Bom, pois por tudo isto gostaria de lhe demonstrar, com meu presentinho, que estou pondo em prática suas lições, corrigindo-me; que tenho juntado um dinheirinho suficiente para lhe comprar um livro, e que fiz isso durante muito tempo, porque eu quase nunca tenho dinheiro, a não ser o que Pietrucha me dá, de vez em quando. Isto ele sabe. De modo que ele ia ver em que gastei o que me dá, e que faço tudo isso por ele, e por ninguém mais.

Fiquei com muita pena do velho! Nem parei para refletir. Ele olhava para mim com ar preocupado. "Escute, Zakhar Pietróvitch – disse-lhe –, você o presenteará com todos!" "Como todos! Os onze volumes?" "Exatamente, todos eles." "E só da minha parte? Quer dizer, em meu nome?" "Sim, em seu nome..." Pensei que me expliquei com suficiente clareza, mas o velho demorou um bom tempo para compreender o que eu queria dizer.

"Ah, sei! – disse pensativo. – Seria magnífico, verdadeiramente magnífico, mas, e Varvara Aleksieievna?" "Eu? Ora, eu não lhe ofereço nada, simplesmente." "Como?! – exclamou o velho, quase assustado. – Quer dizer que não vai dar nada a Pétienka? Não vai lhe dar nada?" Estou certa de que naquele instante o velhinho parecia disposto a recusar minha oferta, para que eu pudesse dar algo ao seu filho. Era um velho de bom coração! Mas assegurei-lhe que, naturalmente, ficaria feliz por dar um presente ao seu filho, só que não queria privá-lo deste prazer. "Se o seu filho ficar satisfeito – acrescentei – e o senhor também, ficarei feliz, porque no fundo do meu coração, sentirei que também eu lhe dei um presente." Desta forma consegui tranquilizar o velho. Permaneceu conosco ainda umas duas horas; mas nem um só momento conseguiu ficar quieto em sua cadeira: levantava-se, ia de um lado para outro, falava alto, brincava com Sacha, dava-me beijos sorrateiros, beliscava-me a mão, e fazia micagens por trás da cadeira de Anna Fiodorovna que, por fim, expulsou-o de casa. Numa palavra, o pobre velho não cabia em si de tanto contentamento; nunca em toda sua vida havia sentido tanta alegria.

Na manhã do dia solene apresentou-se às onze em ponto, logo depois da missa, vestindo uma casaca muito decente, embora toda remendada, umas botas novas, como anunciara, e um colete também novo. Em cada um dos braços trazia um pacote de livros. Estávamos todos sentados na sala de Anna Fiodorovna tomando o café (era domingo). O velho começou a dizer que Pushkin era um grande poeta; depois, com sua insegurança e confusão habituais, começou a falar da necessidade do homem ser bom, portar-se bem, pois quando um homem não se porta bem, significava que se portava mal; que os vícios levavam o homem à perdição; chegou a nos dar alguns exemplos pavorosos, concluindo que ele próprio, havia algum tempo, se libertara de seu vício e agora se portava de um modo quase exemplar; que antes havia reconhecido que seu filho tinha razão quando o repreendia; mas que agora, verdadeiramente, tinha começado a abster-se e a viver de acordo com o que sua razão considerava bom. E para demonstrar isso, presenteava ao seu filho com os livros comprados com o dinheiro que ao longo do tempo havia acumulado.

Era difícil para mim conter as lágrimas e o riso ao ouvir o pobre velho. Como sabia mentir bem em caso de necessidade! Imediatamente levamos os livros para o quarto de Pokrovski, onde os colocamos na prateleira. Pokrovski soube logo a verdade. Convidamos o velho para o almoço. Naquele dia estávamos todos felizes. Depois do almoço começamos o jogo das prendas e depois o das cartas. Sacha fazia das suas e se mostrava mais sapeca que nunca, mas eu já não a acompanhava em suas brincadeiras. Pokrovski estava muito atento para comigo e procurava a cada instante uma ocasião de me falar a sós, mas eu me esquivava. Aquele foi, nos últimos quatro anos, o dia mais feliz de minha vida.

A partir daí apenas lembranças tristes, sofridas. A partir daí começou a história dos meus dias negros. Talvez por isto minha pena vá mais devagar, como se não quisesse continuar o relato. Por isso guardei na memória, com alegria e amor, todos os pormenores de tudo quanto aconteceu naqueles dias felizes de minha vida. Foram breves esses dias; em seguida veio a desgraça, a negra desgraça que só Deus sabe quando findará.

Minha desgraça começou com a doença e a morte de Pokrovski.

Dois meses depois do seu aniversário adoeceu. Nesses dois meses o coitado procurou organizar sua vida, fazer algo que pudesse assegurar-lhe a existência, pois até então sua situação era bem indefinida. Como todos os tísicos, tinha a ilusão de que viveria ainda muitos anos, ilusão essa que não o abandonou até o último instante. Apareceu para ele uma vaga de professor, não sei onde, mas isso causava-lhe aversão. Sua doença já declarada era um obstáculo para que trabalhasse no serviço público. E mesmo que pudesse, precisaria esperar muito tempo para receber o primeiro salário. Numa palavra, para todo lado Pokrovski só via fracassos, e isso exercia sobre ele uma má influência. A sua saúde deteriorava-se, mas ele nem se dava conta disso. O outono chegou. Saía diariamente enrolado em seu leve capote, para resolver seus problemas e procurar trabalho (que era para ele um tormento); sempre voltava para casa cansado, famélico, encharcado pela chuva, os pés molhados, até que a doença progrediu e caiu de cama para nunca mais se levantar. Morreu nos primeiros dias do outono, em fins de outubro.

Eu o assisti em sua doença. Durante todo o tempo raras vezes saí de sua cabeceira. Com frequência passava noites acordada. Ele dificilmente dormia por causa da febre, e delirava muito; falava muito, só Deus sabe do quê; às vezes, dos livros, de mim, de seu pai..., e foi assim que fiquei sabendo de sua real condição, de coisas de sua vida que ignorava e nem suspeitava. Nos primeiros momentos de sua doença todos lá em casa olhavam para mim de um modo diferente; Anna Fiodorovna balançava a cabeça. Mas eu olhava para todos de frente, e assim pararam de criticar o meu interesse por Pokrovski. Pelo menos a mãezinha deixou de criticar-me.

De vez em quando Pokrovski reconhecia-me, mas estes intervalos de lucidez eram relativamente raros. Quase todo o tempo estava modorrento. Às vezes passava quase toda a noite falando com alguém imaginário, com palavras vagas, obscuras que, na sua voz rouca e abafada, soavam no quarto pequeno como se dentro de uma tumba. Aí eu sentia medo. Na sua última noite estava com estertores; sofria, terrivelmente triste; e seus gemidos de dor dilaceravam-me a alma. Todos em casa estavam apavorados. Anna Fiodorovna rezava e pedia a Deus que aliviasse sua agonia. Chamaram o médico, que disse que, sem dúvida, o doente não passaria da manhã seguinte.

O velho Pokrovski passou essa noite no corredor, colado à porta do quarto do filho. Havíamos colocado ali uma esteira para ele. A cada instante entrava no quarto. Dava medo olhar para ele. A dor penetrava tão fundo que parecia já privado de juízo e de sentidos. Sua cabeça tremia, todo o corpo tremia, murmurava constantemente, falava consigo próprio. Parecia-me que a dor o enlouqueceria.

Finalmente, antes do amanhecer, o velho adormeceu como uma pedra em sua esteira. Por volta das sete quando o filho entrou em agonia, acordei o pai. Pokrovski estava consciente e despediu-se de todos nós. Que coisa mais estranha! Eu não conseguia chorar, mas sentia que o coração estava em pedaços.

Seus minutos finais foram terríveis para mim. Com a língua travada, não parava de implorar por algo, mas eu não entendia o que ele balbuciava. Meu coração estava dilacerado! Por um hora inteira esteve inquieto, pedia não sei o quê, tentava fazer um gesto com sua mão fria, voltava a pedir algo, com sua voz rouca e abafada, mas suas palavras eram apenas sons incoerentes, que eu não conseguia entender. Tudo o que havia no quarto eu levava até sua cama; dava-lhe de beber, mas ele apenas balançava tristemente a cabeça e olhava-me. Por fim, adivinhei o que queria: pedia que levantasse as cortinas e abrisse a janela. Queria ver pela última vez a luz do dia, queria ver a luz do sol. Abri as cortinas, mas o amanhecer despontava triste como a vida do pobre que agonizava. Não havia sol. As nuvens encobriam o céu com uma névoa espessa; o céu estava chuvoso, melancólico e sombrio; os chuviscos batiam nos vidros da janela, molhando-nos de água fria e suja; o dia era embaçado, turvo. Sua pálida luz mal penetrava no quarto, onde apenas se via a trêmula lamparina que ardia diante do ícone. O moribundo contemplou-me tristemente e balançou a cabeça. Um minuto depois morreu.

Foi Anna Fiodorovna quem se encarregou do enterro,

mandando comprar um caixão muito simples e alugar uma carroça fúnebre. Mas para cobrir os gastos, Anna Fiodorovna apoderou-se de todos os livros e objetos do defunto. O velho resistiu, brigou, gritou, tomou-lhe os livros que pôde, encheu com eles todos os bolsos, dentro do chapéu, em todos os lugares onde coubessem, e nos três dias que durou o velório não os largou, nem quando fomos à igreja. Todos aqueles dias ele passou como se tivesse perdido o juízo, aturdido, sempre ocupado com algo do caixão: ora ajeitava a coroa do defunto, ora acendia as velas ou limpava os pavios. Via-se claramente que não conseguia fixar o pensamento em nada. Nem minha mãe nem Anna Fiodorovna foram à igreja assistir à missa de corpo presente: a mãezinha ainda estava doente, Anna Fiodorovna porque, já vestida para ir, irritou-se com o velho Pokrovski e decidiu ficar em casa. Na igreja estávamos apenas eu e o velho. Durante a missa tive, subitamente, um medo qualquer, como que um vago pressentimento do que me reservava o futuro. Apenas podia ficar de pé. Finalmente fecharam o ataúde, pregaram a tampa, colocaram-no na carroça e levaram-no para o cemitério. Eu acompanhei o enterro até o fim da rua. Dali a carroça continuou o trote. O velho corria atrás dela e chorava alto; seu pranto era trêmulo e entrecortado, pois ao correr se engasgava. Uma hora caiu o chapéu do pobre, que nem parou para apanhá-lo. Tinha a cabeça molhada pela chuva; um vento fino e frio açoitou-lhe o rosto. Mas o velho parecia não ligar para aquilo e, sempre chorando, corria, e passava de um lado a outro da carroça. As largas abas de seu puído sobretudo voavam, como asas, sob o embate do vento. De todos os bolsos apareciam livros, e nas mãos também levava

um grande e pesado volume, que convulsivamente apertava contra o peito. Os transeuntes tiravam os chapéus e benziam-se. Alguns ficavam parados e observavam o velho com olhos de espanto. A cada passo os livros caíam-lhe dos bolsos para a lama. Então chamavam-no, pedindo-lhe que parasse, que tinha deixado cair algo. Ele recolhia o livro do chão e continuava correndo atrás do caixão. Pouco antes de virar a esquina uma velha mendiga aproximou-se e com ele seguiu. Finalmente a carroça dobrou a esquina e desapareceu. Eu voltei para casa. Tremendo de dor, joguei-me nos braços da mãezinha, apertei-a forte contra o peito, beijei-a e comecei a chorar; eu me apegava angustiadamente à única criatura que ainda me restava, meu último consolo, como se quisesse retê-la para sempre, para que a morte não a arrebatasse de mim, mas a morte já pairava sobre minha pobre mãezinha! ....
....

*

11 DE JUNHO

Como lhe agradeço pelo passeio de ontem às ilhas, Makar Aleksieievitch! Que lugar agradável, fresco, e como ali tudo é tão verde! Fazia tempo que não via o verde. Quando estava doente, achava que ia morrer, tinha quase certeza de que morreria; imagine, então, como me senti ontem! Não se zangue por eu ter ficado tão triste; no fundo eu me sentia bem, alegre, mas é sempre assim: em meus melhores momentos, e nem sei por quê, bate-me sempre a tristeza. Também não se preocupe por eu ter chorado, nem eu mesma sei por que choro tanto. Minhas sensações são sempre dolorosas, mórbidas, irritantes. O céu claro e sem nuvens, o pôr do sol, o silêncio vespertino, tudo isso – nem eu mesma sei – contribuía para que visse em tudo tristeza, sofrimento, de forma que o meu coração transbordava e minha alma pedia lágrimas. Mas por que lhe escrevo tudo isto? Tudo isto é muito difícil para o meu coração, e contar se torna muito mais penoso! Mas espero que Makar Aleksieievitch me compreenda. É triste e engraçado ao mesmo tempo! Makar Aleksieievitch é um homem muito bom! Ontem me olhava nos olhos como se quisesse ler neles o que eu sentia, e alegrava-se com o meu fascínio. Quer olhe para um arbusto, para uma alameda ou para um riacho – e já está ali sempre diante de mim, orgulhoso, olhando-me sempre nos olhos, como se tudo aquilo que me mostrava fosse propriedade sua. Tudo isso demonstra que tem um bom coração, Makar Aleksieievitch! É por isto que lhe quero tanto. Mas tenho que parar por aqui. Hoje estou novamente doente: ontem molhei os pés, peguei um resfriado. A Fedora também não está completamente curada, estamos as duas ruins. Não se esqueça de mim, venha visitar-me com mais frequência.

Sua V. D.

*

12 DE JUNHO

Minha pombinha, Varvara Aleksieievna:

Eu imaginei, minha filhinha, que me descreveria em termos poéticos nosso passeio de ontem, mas apenas me envia uma simples folhinha. Não quero criticá-la, pois embora tenha escrito pouco nesta folhinha, o fez muito bem: sua descrição é extraordinária. A natureza, as diferentes paisagens, os sentimentos experimentados – descreveu tudo de forma admirável. Eu, pelo contrário, não tenho o menor talento para descrever coisa alguma; ainda que garatujasse dez páginas, não sairia nada de jeito nenhum, porque não consigo fazer uma verdadeira descrição. Até já tentei. Diz-me que sou um homem bom, sem maldade, incapaz de prejudicar o próximo e que sei apreciar a bondade do divino Criador, manifestada na natureza, além de outras lisonjas. Tudo isso que disse é verdade, meu amorzinho, a pura verdade, pois realmente sou como a Varvara Aleksieievna pinta, eu mesmo sei; e me alegro muito quando leio o que escreve; meu coração se enternece, mas depois uma série de coisas fica rondando em minha cabeça. Agora escute-me, minha filha, pois tenho algo para lhe contar.

Começarei remontando à época em que tinha apenas dezessete aninhos quando me apresentei no serviço; logo completo trinta anos de carreira. Em todo esse tempo gastei muito uniforme, tornei-me um homem mais ajuizado, vi muita gente, vivi muito, posso dizer, e adquiri experiência, a tal ponto que um dia quiseram indicar-me para receber uma condecoração. Pode não acreditar, mas é a pura verdade, eu não minto. Mas o que aconteceu? Naquele então uma gente má se intrometeu. Digo-lhe, minha querida, que, embora eu seja um homem inculto, até estúpido, se quiser, tenho um coração igual ao de qualquer outra pessoa. Quer saber, Várienka, o que me fez aquele homem maldoso? Uma vergonha, melhor dizendo, e pergunte então porque o fez. Precisamente porque sou uma criatura calma, um homem modesto, um bom rapaz! Como não gostavam de mim, começaram a culpar-me por tudo. No princípio quando alguém fazia algo errado era assim: "Makar Aleksieievitch isso, Makar Alekseieivitch aquilo!"; e com o tempo essa frase ficou assim: "– Ah, nem precisa perguntar, foi Makar Aleksieievitch; quem havia de ser?" Veja, minha filha, como as coisas acontecem: tudo culpa de Makar Aleksieievitch; converteram o nome de "Makar Aleksieievitch" em sinônimo de tudo o que era ruim em todo o departamento. E não contente em fazer do meu nome uma piada e quase uma palavra maldita, quando não uma frase de desprezo, ainda começaram a falar de minhas botas, de minha roupa, do meu cabelo e de minhas orelhas: tudo o que era meu, tudo em mim parecia mal, e para eles eu tinha que me modificar. E isto se repetia todos os dias, durante uma infinidade de anos! Eu acabei por acostumar-me a isso, porque sou um homem de paz, porque sou um homenzinho. Mas, afinal, que culpa tenho eu? Que mal fiz para merecer esse tratamento? Puxei o tapete de alguém? Fui ao chefe macular o nome de algum companheiro? Pedi uma recompensa no lugar de outro? Ou caluniei alguém? É até pecado pensar nisso, minha querida. Por acaso sou um homem capaz de cometer atos semelhantes? Olhe para mim com atenção, minha querida, e diga-me logo se me acha capaz de perfídia e vaidade? Mas, então, meu Deus, por que caiu sobre mim essa praga? Sei que a Varvara Aleksieievna me tem por um homem de bem, e é incomparavelmente melhor que todos eles! Qual é a grande virtude cívica? Evstafi Ivanovitch disse recentemente, numa conversa particular, que a maior virtude cívica é saber ganhar dinheiro. Naturalmente, falou brincado (me consta que o dizia por brincadeira), mas a moralidade da frase (o que propriamente ele queria dizer) consiste em que não se pode ser um fardo para ninguém! Mas eu não sou um fardo para ninguém! Sempre ganhei o meu pão; certamente que o meu pedaço de pão é simples, às vezes duro e seco, mas é meu pão, adquirido honrada e legalmente com meu trabalho. E o que mais posso fazer? Eu próprio sei que não faço nada de extraordinário, que não passo de um amanuense; contudo me orgulho disso, porque trabalho com o suor do meu rosto, porque faço algo útil. E, além disso, que mal há no fato de que eu não passe de um amanuense? Trata-se, por ventura, de algum pecado? "Ele, dizem, não passa de um amanuense!" "Esta coisa é funcionário, faz cópias!" Mas o que há de desonesto nisso? Minha letra é perfeitamente clara, legível, dá gosto ver uma folha escrita por mim, e Sua Excelência está muito satisfeito comigo: é a mim que ele pede para copiar os documentos mais importantes. Sim, tudo isso é muito bom, embora eu não tenha um bom estilo, eu sei que não o tenho, que não domino os discursos, e essa é a razão de não prosperar na carreira. Até para minha querida, escrevo desta forma, simples, sem arte nem primores, como o coração dita. Tudo isto sei muito bem, mas, se todo mundo escrevesse suas histórias, quem ficaria para copiá-las? Esta é a questão, minha pombinha, e peço-lhe que me responda. Sei muito bem que sou necessário, melhor dizendo, imprescindível, e que não é sensato zangar-se por coisas desnecessárias. Eu posso até ser uma ratazana, se acharem que tenho alguma semelhança. Mas esta ratazana é necessária, sem essa ratazana não se pode seguir adiante, essa ratazana é um elemento com o qual se pode contar, e, por último, até prometeram a essa ratazana uma gratificação. Veja como é esta ratazana! Mas basta, não quero insistir nisso, minha querida, eu queria era falar de outra coisa, mas extrapolei um pouco. Seja como for, é agradável fazermos jus a nós mesmos de vez em quando. Até logo, minha querida, minha pombinha, meu consolo! Seguramente irei visitá-la, estrelinha, para ver como vai e o que faz. Não se aborreça, eu lhe levarei um livro. Até breve, Várienka!

Seu cordial amigo
Makar Dievuchkin

*

20 DE JUNHO

Caro senhor Makar Aleksieievitch:

Escrevo-lhe às pressas, não disponho de muito tempo, pois tenho que terminar um trabalho que pede urgência. Vou dizer-lhe sem rodeios do que se trata: surgiu uma boa oportunidade de compra. Diz Fedora que um conhecido dela tem uma farda quase nova, calças, colete e boné, e, segundo diz, a preço bem baixo. Você poderia comprar essa roupa, mesmo porque no momento tem uma reserva, e como você mesmo diz, está abonado. Portanto, pelo amor de Deus, seja razoável e adquira essas coisas, porque lhe faz muita falta. Olhe-se no espelho e veja como essa roupa que usa está velha. Sim, uma coisa horrorosa, cheia de remendos. Pelo que me consta, você não tem nenhuma roupa nova, e por mais que assegure que tenha, sei que a vendeu, só Deus sabe como. Assim ouça-me, compre-a, por favor, caso ainda goste de mim.

Mandou-me umas roupas brancas de presente; devo dizer-lhe, Makar Aleksieievitch, que está se excedendo, ficará arruinado. Não estou brincando, tem gastado tanto comigo! Como pode esbanjar desse modo? Eu não preciso de nada; não tenho necessidade disso! Consta-me, tenho certeza, de que me ama, portanto não é preciso demonstrar-me com presente atrás de presente. Soubesse o quão difícil é aceitá-los! Sei bem quanto lhe custam. Assim, digo-lhe, terminantemente, que pare com isso, ouviu? Suplico-lhe, imploro-lhe! Makar Aleksieievitch pede-me que lhe envie a continuação de meus apontamentos, e que devo terminá-los. Meu Deus, eu mesma nem sei como pude escrever o que escrevi nesse caderninho! Não, faltam-me forças para falar do meu passado. Não quero pensar nele, temo essas lembranças. O mais difícil é falar de minha pobre mãezinha que deixou a única filha nas mãos daquela gente monstruosa! Meu coração sangra quando evoco essas lembranças, pois a ferida ainda está bem aberta em mim, e não consigo recuperar-me, quanto mais ter calma para pensar, embora já tenha transcorrido mais de um ano! Mas você já está a par de tudo!

Já lhe falei do que Anna Fiodorovna tem aprontado: joga-me na cara que sou ingrata, e não aceita qualquer acusação de seu conluio com o senhor Bíkov! Convidou-me para voltar a morar com ela. Diz que vivo de esmolas, que tomei um caminho errado, que se voltar para a casa dela, ela se encarrega de acertar tudo com o senhor Bíkov, obrigando-o a se redimir de toda a sua culpa para comigo. Chegou inclusive a dizer que o senhor Bíkov quer me dar um dote. O que é isso, pelo amor de Deus? Eu estou muito bem aqui sob sua proteção e ao lado de minha Fedora que, com seu apego a mim, me lembra minha velha e defunta ama. Quanto ao senhor, embora não passe de um parente distante, olha-me e serve-me de escudo com o seu nome. Não conheço essa gente e nem quero saber dela, se é que posso. O que mais querem de mim? Fedora diz que tudo não passa de boatos, que acabarão deixando-me em paz. Oxalá que seja assim!

V. D.

*

21 DE JUNHO

Minha pombinha querida!

Tenho vontade de escrever, mas não sei por onde começar. É estranho o modo como vivemos agora, os dois. Digo isto porque nunca em minha vida passei dias tão felizes. Exatamente como se Deus me gratificasse com uma casa e uma família! Minha filhinha, minha menininha! E o que quer dizer sobre as quatro camisas que lhe mandei? Sei que precisava – disse-me Fedora. E para mim, filhinha, é um prazer satisfazer suas necessidades, portanto pare com isso e não me contrarie. Jamais experimentei nada semelhante, minha filha. Pois bem, estou agora numa vida mundana. É como se tivesse vivendo em dobro, intensamente; em primeiro lugar, porque tenho-a perto de mim, para minha grande alegria; e em segundo lugar, porque hoje o meu vizinho de quarto, Rataziaev – aquele funcionário que realiza as noitadas literárias – convidou-me para o chá. Veja como estamos, filhinha, veja! Fique com Deus, amorzinho. Escrevi isso tudo sem nenhuma intenção, só para torná-la partícipe do meu bem-estar. Minha alminha mandou-me dizer por Teresa que precisava de fio de seda colorida para os bordados: fique tranquila, filhinha, vou comprá-lo. Amanhã mesmo terei o prazer de comprá-lo, já que tem tanta pressa. Até já sei onde encontrar.

Seu sincero amigo
Makar Dievuchkin

*

22 DE JUNHO

Prezada senhora Varvara Aleksieievna,

Comunico-lhe, minha querida, que ocorreu algo muito doloroso aqui nossa casa, algo realmente digno de compaixão! Esta manhã, por volta das cinco horas, morreu o filho pequeno de Gorchkov. Não sei certamente do quê morreu, talvez de escarlatina, só Deus sabe. Visitei os Gorchkov. Ah, minha filha, precisava ver a pobreza em que vivem! E que desordem! Também não é de admirar: toda a família está enfiada num único quarto, apenas dividido por biombos, que é por uma questão de decoro. O caixãozinho já está lá – muito simples, dos mais baratos, mas muito bonito. O garoto tinha nove anos, e dizem, prometia muito. Dá tanta pena olhar para eles, Várienka! A mãe não chora, mas está tão triste, a pobrezinha! Pode ser que agora eles encontrem certo alívio, com uma boca a menos; ainda têm dois para alimentar, um menino de peito e uma menina de uns seis anos. E que gosto se pode ter na vida quando se vê uma criança sofrendo, além do mais quando se trata do próprio filho, e não se ter absolutamente o que fazer para ajudar! O pai deste menininho que acaba de morrer veste uma casaca velha, suja e esfarrapada, e está ali, sentado numa cadeira quebrada. As lágrimas correm-lhe pelas faces, talvez não pela dor, mas porque tem os olhos sempre supurados, mas seja como for os olhos lacrimejam. É um homem tão estranho! Enrubesce quando começamos a falar com ele, e nunca consegue responder nada. A menininha está apoiada no caixão, quietinha, triste, pensativa. Querida Várienka, não gosto de ver uma criança pensativa, séria, pois inquieta-me! No chão, ao seu lado, está uma boneca de pano, mas a menina não a pega para brincar, tem um dedinho na boca e não se mexe. A senhoria deu-lhe um bombom; ela o pegou mas não comeu. Tudo isso é muito triste, não é mesmo, Várienka?

Makar Dievuchkin

*

25 DE JUNHO

Meu inestimável Makar Aleksieievitch:

Devolvo-lhe o seu livro. Que coisa imprestável! Nem vale a pena segurá-lo nas mãos. Onde encontrou essa joia? Brincadeiras à parte, Makar Aleksieievitch, será mesmo possível que goste de livros assim? Faz alguns dias prometeram arranjar-me algo para ler. Depois posso compartilhá-lo, se quiser. Até logo, para o momento. Não disponho de tempo para escrever mais.

V. D.

*

26 DE JUNHO

Querida Várienka: confesso-lhe, sinceramente, que não li este livro. Para dizer a verdade apenas dei uma olhada por cima, o bastante para compreender que se tratava de algo disparatado, escrito unicamente para fazer rir e entreter as pessoas, por isso disse a mim mesmo que deveria ser divertido e mandei-o achando que gostaria.

O Rataziaev prometeu emprestar-me algo verdadeiramente literário para ler, portanto, minha querida, terá bons livros. Rataziaev, esse sim, é conhecedor de livros, ele mesmo escreve, e como escreve! Tem pena leve, um bom estilo, creia-me, em cada palavra há um bom estilo, mesmo nas mais vulgares e correntes, como as que eu digo a Teresa ou ao Faldoni – mesmo assim tem estilo para expressar-se.

Participo com regularidade dos serões literários dele. Fumamos e ele nos lê coisas, chegando a ler cinco horas seguidas, e nós o escutamos sem pestanejar. É que são pérolas, e não simplesmente literatura! Flores, flores perfumadas, com cada página se pode fazer um ramalhete de flores! Ele é fino no trato, efusivo e cordial. Quem sou eu comparado a ele? Nada. Ele é um homem respeitado, famoso, e eu, quem sou? Nada, não existo, mas me respeita, é simpático para comigo. Já fiz algumas cópias para ele, duas ou três coisinhas. Mas não pense, Várienka, que isto influa de alguma forma no jeito como me trata, quero dizer, não creio que seja atencioso comigo só porque faço cópias para ele. Não dê ouvidos a esses boatos, meu amorzinho, não acredite neles! Não, faço isso de livre e espontânea vontade, para ser simpático com ele; e se é simpático comigo isso é para me contentar. Não sou tão lerdo que não saiba o que é uma delicadeza, minha filha. É um homem bom, muito bom e um escritor incomparável.

A literatura é uma coisa boa, Várienka, muito boa, pude comprová-lo anteontem, por eles. É mesmo uma coisa profunda! Algo que fortalece os corações, algo edificante, muito maior do que está ressaltado no livro deles. Muito bem escrito! A literatura é uma pintura, quer dizer, em certo sentido, claro, um quadro e um espelho; uma expressão da paixão, uma crítica fina, instrutiva, um documento. Isso tudo aprendi com eles. Mas confesso-lhe sinceramente, minha filha, que estou entre eles, sentadinho, escutando (até fumo cachimbo como eles) – mas quando começam a discutir sobre as mais diversas coisas, eu simplesmente me calo, pois minha filha, gente como nós resta apenas dizer, passo. É aí que percebo que sou um ignorante, e tenho vergonha de mim mesmo; e fico ali durante um bom tempo tentando achar uma palavrinha para poder entrar na conversa geral, mas nem sempre consigo, por mais que queira essa palavrinha não aparece. É como se estivesse todo enrolado, Várienka, e chego a sentir pena de mim mesmo, de que não seja.... bom, eu sou como aquele ditado – cresceu mas não adquiriu inteligência*. Mas o que é que eu faço agora em meus momentos de ócio? Durmo, durmo como um inútil. Mas em vez de tirar uma pestana, como um inútil, não podia empregar minhas horas livres em algo agradável ou proveitoso, como por exemplo, sentar-me à mesa para escrever isto ou aquilo? Acho que seria útil e edificante, e ainda por cima agradável para os outros. E precisa ver, minha filha, o dinheiro que eles ganham. Por exemplo, sem ir muito longe, o próprio Rataziaev, precisa ver o que cobra! O que lhe custa escrever uma página? Há dias em que chega a escrever cinco, e cobra, diz ele, trezentos rublos por página. Quando escreve uma historieta qualquer, ou algo interessante, embolsa quinhentos, menos nunca: se quiserem é assim. Bom, há ocasião em que recebe mil rublos! O que acha, Varvara Aleksieievna? Mas a coisa não para por aí: ele tem um caderninho de versos, poesias pequeninas, umas coisinhas, nada mais; bom, pede sete mil rublos por elas, meu amorzinho, sete mil rublos pelo caderninho! Isso representa um capital, dá para uma propriedade, um prédio! Já lhe ofereceram cinco mil rublos, diz ele, mas ele não cede. Tentei persuadi-lo, digo-lhe que aceite: pegue os cinco mil, pegue-os, e depois adeus; porque, homem, cinco mil é muito dinheiro! Mas nada, ele diz que não aceita, que os malandros terão que lhe dar sete mil!

* Em russo: вырос, а ума не вынес (Obs. do T.)

Veja como é esperto!

Amorzinho, já que estamos falando disto, vou copiar-lhe um trecho das *Paixões Italianas*. Este é o título de sua obra. Leia e depois julgue, Várienka.

"Vladímir estremeceu, as paixões ardiam em seu íntimo, e o sangue ferveu...

"– Condessa! – exclamou. – Condessa! Sabe quão tremenda é esta paixão, que infinda é está loucura? Não, os meus sonhos não me enganaram! Amo, amo entusiasticamente, loucamente, furiosamente! Nem todo sangue de seu esposo bastará para apagar a fervorosa paixão de minha alma! Estes miseráveis obstáculos não serão capazes de deter as chamas do fogo infernal e destruidor que arde em meu desolado peito! Oh, Zinaída, Zinaída!...

"– Vladímir!... – murmurou a condessa meio desvanecida e deixando a cabeça deslizar em seu ombro.

"– Zinaída! – gritou Smielski, fora de si.

"De seu peito escapou um suspiro. No altar do amor o incêndio brotou em chamas vivas e enlaçou o peito dos amantes sofredores.

"– Vladimir! – murmurava a condessa. Enquanto ofegava, as faces tingiam-se de púrpura, os olhos brilhavam...

"Um novo e terrível pacto fora consumado!...........

....

Ao cabo de meia hora, o velho conde entrou no *boudoir*[17] de sua esposa.

"– Mas meu coração, não quer que preparem o samovar para nosso querido hóspede? – perguntou, acariciando as

[17] Em destaque no original: *boudoir* (fr.), toucador, antecâmara, salinha elegante de senhora. (N. do T.)

faces da esposa."

Diga-me, meu amorzinho, o que lhe parece? É verdade que é um pouquinho atrevido, não se pode negar, mas é bom, bem escrito! O que é bom é bom! Agora, com sua permissão, copio-lhe mais um trecho da novela intitulada *Ermak e Zuleica*[18].

Imagine, filhinha, que o cossaco Ermak, o ousado conquistador selvagem da Sibéria, está apaixonado por Zuleica, filha do czar siberiano Kutchum, que é sua prisioneira. A ação se desenrola na época em que reinava Ivan, o Terrível, como verás. Eis um diálogo entre Ermak e Zuleica:

"– Você me ama, Zuleica? Oh repete-o, repete-o!

"– Eu te amo, Ermak! – disse Zuleica.

"– Ó céu, ó terra, agradeço-vos! Sou feliz!... Deram-me tudo, tudo aquilo que, desde a infância, o meu espírito inquieto ansiava! Ó minha estrela guia, era por aí que me levavas; foi para isto que me trouxeste aqui, para além do Cinturão de Pedra! Ao mundo inteiro mostrarei a minha Zuleica, e que os homens, esses monstros irados, não ousem acusar-me! Oh, se eles pudessem compreender as secretas torturas da alma terna de Zuleica; se, como eu, eles fossem capazes de contemplar, numa lágrima de minha Zuleica,

---

[18] Ermak Timofeievitch (1532 ou 1543-1585). Suas investidas marcaram o início da expansão e colonização russa na Sibéria. Em 1579 ou 1581 começou sua viagem à região e, após algumas vitórias sobre o exército do Khan, Ermak derrotou a força principal de Kutchum numa batalha de três dias às margens do rio Irtich. Kutchum possuía forças suficientes para resistir e rapidamente atacou Ermak que, ferido, tentou fugir a nado pelo rio Wagay, tributário do Irtich, mas se afogou sob o peso de sua própria cota de malha. (N. do T.)

um mundo inteiro de poesia! Oh, deixa-me enxugar com meus beijos esta lágrima, esta gota celestial... etérea!

"– Ermak – disse Zuleica – o mundo é mau, os homens injustos. Eles nos perseguirão, nos condenarão, meu querido Ermak! O que será de uma pobre moça que cresceu nos nevados campos da Sibéria, na iurta[19] do seu pai, o que fará em seu mundo frio, glacial, impiedoso e egoísta? Os homens não me entenderão, meu amado!

"– Pois então que escutem o silvar do sabre cossaco sobre eles! – gritou Ermak, revirando os olhos loucamente."

Agora, minha Várienka, imagine este mesmo Ermak, quando soube que degolaram sua Zuleica. O velho Kutchum, aproveitando a calada da noite, penetrou na tenda de Ermak, na ausência deste, e matou a filha, vingando-se assim de Ermark, que o privara do cetro e da coroa.

"– Contenta-me alisar a espada na pedra! – gritou Ermak, possuído de selvagem desejo de vingança, afiando o aço na pedra dos xamãs. – Hei de ver sangue! Devo serrá-los, serrá-los, serrá-los!!!"*

Depois disto, Ermak não podendo sobreviver à morte da sua Zuleica, atirou-se no rio Irtich, e assim o relato chega ao fim.

Veja agora outro pedacinho, uma mostra de algo engraçado, escrito apenas para fazer rir:

"– Conhecem o Ivan Prokofievitch Jieltopuz? É o mesmo que mordeu a panturrilha de Prokofi Ivanovitch? Ivan Prokofievitch é um homem de gênio ruim, mas com

---

[19] Espécie de tenda utilizada pelos povos nômades das regiões árticas e da Ásia Central. (N. do T.)

* Em russo Их нужно пилить, пилить, пилить!!! (Obs. do T.)

raras virtudes; o contrário de Prokofi Ivanovitch, que adora um nabo com mel[20]. E quando travava amizade com Pelagueia Antonovna... Conhecem Pelagueia Antonovna? Ora, é a mesma que veste sempre a saia pelo avesso!"

Isto é muito divertido, Várienka, simplesmente divertido! Nós nos retorcíamos na cadeira de tanto rir quando ele nos lia esta coisa. Que homem, Deus o perdoe! No mais, minha filha, embora isto seja um pouco pretensioso e mesmo jocoso, no fundo é inocente e sem qualquer livre-pensamento nem ideias liberais. Devo dizer-lhe também, minha filha, que Rataziaev possui modos exemplares, e talvez seja por isso que é um grande escritor, diferente dos demais.

Mas, para dizer a verdade, à vezes fica martelando uma ideia em minha cabeça... e o que aconteceria se eu próprio cismasse de escrever alguma coisa? Suponha, só por um minuto, que publicasse um livro intitulado: *Poesias de Makar Dievuchkin*! Que pensaria, hein? O que diria o meu anjo? De minha parte, meu amorzinho, garanto que desde o momento e hora em que meu livro aparecesse, já não me atreveria a apresentar-me na Nevski[21]. Como me sentiria quando as pessoas dissessem: "Olhem, aquele é o poeta Dievuchkin, sim, é o Dievuchkin em pessoa!" Como me arranjaria com minhas botas, então? Pois deve saber, minha filha, que elas estão sempre remendadas, e também as solas, não posso negar, vivem descolando constantemente, e não

---

[20] É impossível reproduzir, de forma satisfatória, o trocadilho que forma no texto os termos редких (raro) e редьку (nabo) - (N. do T.)

[21] Presença constante na literatura, é a principal avenida de São Petersburgo e tem cerca de quatro quilômetros e meio de extensão; em seu entorno se concentra a vida social e cultural da cidade: teatros, museus, salas de concertos, cinemas, bibliotecas e restaurantes. (N. doT.)

são decentes de se ver. E que faria eu, se todo mundo soubesse que o poeta Dievuchkin calça botas remendadas? Suponha que alguma condessa ou duquesa os notasse? Que diria ela de mim? É bem possível que ela nem as reparasse, pois não creio que as condessas e duquesas se interessem por botas, muito menos pelas botas de um funcionariozinho (afinal de contas, há botas e botas), mas não faltaria quem lhes contasse tudo, os meus próprios companheiros me trairiam. Rataziaev, por exemplo, seria o primeiro a fazê-lo; ele, dizem, às vezes visita a condessa V., e que se apresenta sem ser sequer convidado. Diz que ela é muito querida, que é uma dama literária. Esse Rataziaev é mesmo esperto!

Mas, enfim, chega desse assunto, já que escrevo tudo isso por nada, só por brincadeira, meu anjinho. Até logo, minha pombinha! Já tagarelei muito por hoje, mas unicamente porque, hei de ser franco, estou de bom humor. Hoje almoçamos todos juntos, no quarto de Rataziaev, e eles (como são danados, minha filha!) puseram na mesa certo licorzinho especial que, nem encontro palavras para descrevê-lo... mas para que lhe falo disto? Não pense mal de mim, Várienka! Tudo que lhe conto não tem importância. Depois mando-lhe os livros, sem falta. Corre aqui de mão em mão uma novela de Paul de Kock[22], mas, ela não vai chegar às mãos de minha pombinha, não e não. O Paul de Kock não é conveniente para você. Dizem que chega a indignar todos os críticos petersburgueses. Envio-

[22] Charles Paul de Kock (1793-1871), romancista francês, célebre retratista literário da classe média parisiense na primeira metade do século XIX. Autor de romances populares em fascículos, chegou a produzir cerca de 400 textos entre romances, *vaudevilles* e melodramas. Era criticado por produzir uma obra imoral. Fez sucesso no Brasil, também. (N. do T.)

lhe uma libra de bombons – comprei-os especialmente para o meu amorzinho, que deve pensar em mim a cada bombom que puser na boca. Mas não o morda, porque vão doer-lhe os dentes, apenas chupe-o. Será que também gosta de frutas cristalizadas? Diga-me se gosta. Até logo, até logo. Fique com Deus, minha pombinha. Continuo eternamente

seu fidelíssimo amigo
Makar Dievuchkin

*

27 DE JUNHO

Prezado senhor Makar Aleksieievitch:

Fedora diz que, caso eu queira, conhece pessoas que com satisfação poderiam me ajudar a sair desta situação e me arranjariam um bom emprego como preceptora numa determinada família. O que acha, meu amigo: devo aceitar ou não? Aceitando, certamente deixaria de ser um fardo em sua vida, até porque creio que tal colocação é conveniente; mas, por outro lado, angustia-me um pouco a ideia de trabalhar para uma gente estranha, desconhecida. Trata-se da casa de proprietários rurais. Suponho que começarão a pedir informações sobre mim, a fazer perguntas sobre o meu passado – o que deverei dizer, então? Sou uma pessoa fechada, solitária, fico mais à vontade onde estou agora. É bem melhor viver no cantinho a que já nos acostumamos. Além disso, teria que viajar para longe daqui, e só Deus sabe que trabalho me dariam por lá;

talvez me pusessem para cuidar das crianças. E que tipo de gente será essa que até a presente data, em dois anos, já vai na terceira preceptora? Aconselhe-me, querido Makar Aleksieievitch, pelo amor de Deus, aceito ou não a proposta? E por que não vem nos ver? Aparece tão poucas vezes! Fora os domingos, na missa matinal, durante toda a semana não nos vemos. É tão insociável assim? É como eu! Mas nós somos parentes! Ou será que Makar Aleksieievitch já perdeu o afeto que sentia por mim? Às vezes sinto-me muito triste sozinha. Há dias, sobretudo ao crepúsculo, em que me sinto sozinha, sozinha no mundo. Quando Fedora sai para fazer algo, fico aqui pensativa, a recordar os tempos idos, as coisas alegres e tristes – tudo passa diante de mim como numa névoa. Surgem-me rostos conhecidos (creio ver tudo vivamente), e vejo ainda mais frequentemente, a minha mãezinha. E que sonhos tenho às vezes! Sinto que minha saúde está complicada, ando muito fraca; hoje mesmo quando me levantei de manhã, senti-me mal, tive vertigens e, além de tudo, essa tosse que não me deixa! Pressinto, sei que não hei de viver muito. Quem me enterrará? Quem acompanhará o meu caixão? Quem chorará por mim? E se morro em terra estranha, numa casa alheia, num lugar que não é meu, entre gente desconhecida? Meu Deus, como é triste viver, Makar Aleksieievitch! Meu amigo, por que sempre me manda bombons? Não sei mesmo onde consegue tanto dinheiro. Ah, meu amigo, guarde esse dinheiro, por favor; guarde! Fedora encontrou comprador para o tapete que bordei, e por ele pagarão cinquenta rublos em notas. É uma maravilha, porque pensei que dariam menos. Darei três rublos a Fedora e compro tecido para fazer um vestidinho para mim, quentinho. E farei um colete para você, eu mesma escolherei um bom tecido para ele.

Fedora arranjou-me um livro, os *Contos de Belkin*[23] , que agora lhe mando, esperando que goste. Só lhe peço que se apresse, não demore muito tempo, pois não é meu. É uma obra de Pushkin. Faz dois anos que eu e a mãezinha lemos esses contos, de forma que, agora, foi muito triste para mim relê-los. Caso tenha alguns livros, envie-me, mas não os de Rataziaev. Ele, seguramente, vai impor-lhe obras de sua autoria, se é que tenha publicado algo. Como é possível gostar dos novelões dele, Makar Aleksieievitch? Não servem pra nada! Fique com Deus! Já tagarelei muito! Quando me bate a tristeza, gosto de tagarelar com alguém! É o melhor remédio: rapidamente sinto alívio, boto para fora tudo o que vai no coração. Até logo, até logo, meu amigo.

Sua

V. D.

*

28 DE JUNHO

Querida Varvara Aleksieievna:

Pare com essa angústia! Não tem vergonha? Pare com isso, filhinha, como pode ter tais pensamentos? Meu coraçãozinho não está doente, nem um pouco doente, está

---

[23] No original russo Повести Белкина. O livro *Contos do defunto Ivan Pietrovitch Belkin*, de 1831, reúne os contos "O tiro", "A nevasca", "O agente funerário", "A sinhazinha" e "O chefe da estação". (N. do T.).

simplesmente maravilhosa, é a pura verdade; só um pouco pálida, mas resplandece. E que sonhos e espectros são esses? Ah, não tem vergonha, pombinha, esqueça desses sonhos tolos, não dê atenção a eles, criança! Como é que eu durmo tão bem? Por que nada acontece comigo? Olhe para mim, minha filha. Estou feliz, alegre, durmo sossegado, numa palavra, estou galhardo e me orgulho disso. Deixe dessas besteiras, emende-se. Conheço bem essa sua cabecinha; por qualquer coisinha logo se angustia. Deixe disso, faça-o por mim, filhinha! Trabalhar para estranhos? Isso nunca! Não, mil vezes não! E que pensamentos são esses? E como se fosse pouco quer se mudar para outra terra! Não, filhinha, não posso concordar com isso, oponho-me com todas as minhas forças a essa intenção. Vendo minha velha casaca, ando só em mangas de camisa, mas minha Variénka não passará necessidades. Não, Várienka, não; conheço-a muito bem! Isso é loucura, nada mais que loucura! Uma coisa é certa: a culpada de tudo é Fedora, ninguém mais: é essa velha quem enche sua cabeça com essas ideias. Não dê ouvidos ao que ela diz, minha querida. Acho que minha filha não sabe de tudo; não sabe que a Fedora é uma imbecil, uma tagarela incorrigível, que deu cabo de seu finado marido. Ou será que ela a tenha irritado, ofendido de algum modo? Não, não, minha filha, jamais! E o que seria de mim, o que eu teria para fazer? Não, Várienka, meu anjinho, tire isso tudo da cabeça. O que está faltando-lhe aqui, conosco? Tê-la ao nosso lado é uma alegria infinita, a criança gosta de nós – assim não se vá e vivamos todos juntos, em paz e na graça de Deus; costure ou leia, ou não costure – faça o que lhe der na telha, contanto que não nos abandone. Aceitar aquilo, pense bem, poderá resolver as coisas?... Acalme-se, arranjo-lhe uns livros, passearemos de vez em quando; só que, pelo amor de Deus, tire esses pensamentos da cabeça, seja razoável, não diga besteiras por nada! Passarei para vê-la brevemente, mas para isso aceite o que lhe digo, que é franco e direto: não está certo, minha alma, não está certo! Naturalmente, não sou um homem culto, eu mesmo sou o primeiro a saber que careço de instrução, que meus estudos não passam das primeiras letras, mas não quero falar disso agora, não se trata de mim, mas de Rataziaev: queira ou não queira, vou defendê-lo sempre. É meu amigo, tenho que defendê-lo. Ele escreve bem, muito bem, muitíssimo bem. Não posso concordar de maneira alguma com o que diz. Sua escrita é colorida, cheia de ideias variadas, uma escrita realmente boa! Creio que ao lê-lo não estava compenetrada, ou estivesse irritada com a Fedora, ou mesmo de mau humor. É preciso que o leia com sentimento, ou melhor, quando estiver alegre, de bom humor, com um docinho na boca – é quando deve voltar a lê-lo. Não direi (quem poderia afirmar isso?) que não haja escritores que superem Rataziaev, mas supondo que são bons, Rataziaev também é bom; se escrevem bem, Rataziaev também escreve bem. Não esqueçamos que ele é um caso à parte, tem uma maneira só sua de escrever. Até breve, minha filha, não posso continuar porque tenho coisas para fazer e preciso me apressar. Note bem, filhinha, minha luz adorada, acalme-se, e que Deus a proteja, e eu continuo

seu fiel amigo
Makar Dievuchkin

P.S. – Obrigado pelo livro, lerei o Puchkin também; e hoje à tarde vou vê-la sem falta.

*

1º DE JULHO

Meu querido Makar Aleksieievitch:

Não, meu amigo, não é possível continuar aqui por mais tempo. Pensei bem e concluí claramente que faço muito mal deixando escapar um emprego tão vantajoso. Lá, pelo menos, poderei ter o pão de cada dia; vou empenhar-me, procurarei merecer a simpatia dessa gente, tentarei inclusive mudar de temperamento. Sei que é difícil e doloroso viver entre estranhos, esconder sentimentos, constranger-me, depender deles para tudo, mas Deus não me abandonará. Não posso passar a vida isolada das pessoas. Já passei por coisa igual. Lembro-me, por exemplo, quando estava no internato. Todo domingo, em casa, brinco e salto alegremente, como uma autêntica selvagem e às vezes a mãezinha ralha comigo – mas eu não importa, sinto o coração iluminado, a alma serena. Mas, quando a noite chega, sinto-me profundamente triste, porque às nove terei que voltar para o internato, onde tudo é estranho, frio, severo; as preceptoras sempre mal-humoradas às segundas-feiras; a tristeza abate-me de tal forma que não posso conter as lágrimas; corro para um canto e ali fico chorando, sozinha, escondendo as lágrimas, porque naturalmente dirão depois que eu choro porque não quero estudar, sou preguiçosa. E depois, o que aconteceu? Acabei me acostumando e, quando, por fim, saía do internato, chorava ao despedir-me de minhas colegas. Não, não é bom que eu continue aqui, sendo um fardo para os dois. Pensar nisso é uma tortura. Digo-lhe tudo isso francamente porque já me acostumei a não esconder-lhe nada. E não vejo que a Fedora se levanta, mal amanhece, e se põe a lavar roupa e trabalha até tarde da noite? As pessoas de idade precisam de descanso. E não vejo também que Makar Aleksieievitch sacrifica tudo por mim, gasta comigo até o último copeque que ganha? Eu sei muito bem, meu amigo, que faz mais do que pode. Diz-me que antes ficaria sem nada do que consentir que eu passasse necessidade. Acredito, meu amigo, que tem um bom coração, mas pense um pouco, homem, agora talvez tenha dinheiro sobrando, talvez tenha recebido uma gratificação inesperada, mas depois? Sabe bem que estou sempre doente, que não posso trabalhar como o senhor, embora desejasse muito, e além disso nem sempre aparece trabalho. O que vou fazer? Atormentar-me olhando para vocês dois, meus amados, sem fazer nada? Em que posso ser útil? Por que sou tão indispensável, meu amigo? O que faço de bom? Eu só faço uma coisa: querer-lhe de todo coração, mas – oh, o meu cruel destino me persegue – apenas sei amar, somente posso amar, e nada mais, não sei fazer o bem nem corresponder-lhe com o bem. Portanto não me segure mais, pense no caso e diga qual é a sua opinião. Fico esperando.

V. D. a que lhe adora.

*

Bobagem, Várienka, bobagem, tudo isso não passa de uma bobagem! Não podemos deixá-la à vontade que logo sai um monte de ideias dessa sua cabeçinha! Seja isto, seja aquilo, nada está bem, tudo é uma bobagem. Mas o que é que lhe falta, poderia dizer? Nós a amamos, Várienka gosta de nós, então estamos todos felizes, satisfeitos – que mais quer? Por que vai partir para viver entre pessoas estranhas? Talvez não saiba o que é uma pessoa estranha. Se não sabe, pergunte a mim e eu lhe direi o que é uma pessoa estranha. Eu conheço essa gente, e de sobra; comi o seu pão. Toda criatura estranha é má, Várienka, sim, muito má, tão má que o seu coraçãozinho não aguentará, tal é o ponto a que o próximo sabe martirizar uma pessoa com recriminações, censuras, olhares de desprezo. Estando entre nós, está bem, confortável, vive aquecida. Sem você, estaremos como decapitados. Como é possível que de repente nos deixe? O que vamos fazer sem você? E eu, um velho, o que farei? Como poderíamos não precisar de você? Alguma vez foi inútil para nós? Não, minha filha, pense bem, como poderia ser inútil? Saiba, Várienka, que é muito útil para mim, utilíssima! Exerce sobre mim uma influência benfazeja... Por exemplo, é só lembrar da menina que logo fico animado... Escrevo-lhe cartas declarando todos os meus sentimentos, e recebo uma resposta cheia de pormenores... De vez em quando compro-lhe um vestidinho, um chapeuzinho; algumas vezes encarrega-me de algo e eu compro... Como vê, como poderia ser inútil? E o que farei sozinho na velhice, para que servirei? Talvez nem tenha pensado nisso, Várienka; mas pense e pergunte a si mesma – para que eu viveria?

Acostumei-me a você, minha querida. E o que aconteceria, qual seria a consequência de tudo isso? Eu me atiraria de cabeça no Neva e a história estaria acabada. Sim, seria dessa forma, Várienka, por que, o que mais me restaria para fazer neste mundo sem você? Até parece que minha filha deseja que o carroceiro me carregue para o Volkovo; que uma velha mendiga siga o meu ataúde; que me joguem na cova e me cubram de terra; que depois todos partam e me deixem só. Isso é pecado, minha filha, um verdadeiro pecado! Juro por Deus que é um verdadeiro pecado! Devolvo-lhe o seu livro, minha amiguinha, e se deseja saber minha opinião sobre ele direi que nunca em toda minha vida li livro tão bom. De sorte que pergunto a mim mesmo como pude viver até agora, Deus me perdoe, como um verdadeiro bronco! Em que empreguei, pois, os meus dias? De que mato surgi? Acontece, minha filha, que não sei nada de nada. Digo-lhe simplesmente que sou um homem ignorante; confesso-lhe francamente que tenho lido pouco, pouquíssimo, quase nada. "O retrato do homem"[24], que é um bom livro, "O rapaz que tocava várias peças nas campainhas"[25] e "Os grous de Íbico"[26] – eis tudo, nada mais. Mas agora, nesse seu livro, li "O chefe da estação"*, e só posso dizer-lhe, minha filha: é inacreditável que vivamos neste mundo e não saibamos que temos ao alcance da mão

---

[24] Livro de A. Galitch (1783-1848), publicado em 1834. Galitch era professor de filosofia em São Petersburgo e ateu – o livro trata de questões ligadas à filosofia idealista. (N. do T.)

[25] Romance do escritor francês Ducray-Duminil (1762-1819) (N. da E.).

[26] Uma das baladas de Friedrich Schiller, de 1798. Íbico, célebre poeta lírico grego do século VI a. C., cuja figura é cercada de lendas (N. do T.).

* Em russo, Станционного смотрителя. (Obs. do T.)

um livrinho no qual toda a nossa vida é descrita detalhadamente. E também está o que sequer imaginávamos. Portanto, à medida que avançamos na leitura, pouco a pouco vamos dando conta de muitas coisas mais, compreendendo-as, vendo-as com clareza. E saiba também porque gostei tanto do seu livro: há obras que, por mais que a gente leia, por mais que quebremos a cabeça, estão escritas com tal esmero que nem chegamos a entender uma palavra do que dizem. Eu, por exemplo, que sou um tosco por natureza, não consigo ler nenhuma obra muito importante; mas este não, quando leio este livro é como se fosse eu próprio que o tivesse escrito, é como se tivesse brotado de dentro de mim, do coração; sim, é como se o coração fosse simplesmente virado do avesso e exposto diante de todos, descrevendo tudo em pormenores – é isso! Além do que é muito simples; ah meu Deus, tão simples que eu mesmo poderia escrever assim, por que não? É que sinto exatamente as mesmas coisas que esse livrinho diz. Também estive algumas vezes na mesmíssima situação desse pobre Samson Vírin! E quantos Samsons Vírins não há entre nós, exatamente iguais a este! E com que verdade tudo está descrito! Quase me saltaram as lágrimas, filhinha, quando li que o coitado se embriagava, até perder a memória, e dormia o dia inteiro debaixo do abrigo, afugentando suas dores com um ponche, chorando e enxugando as lágrimas nas abas de seu abrigo quando se recordava de sua pobre ovelha perdida, sua filhinha Dúnia! Sim, tudo natural! Leia bem e verá que é mesmo assim, natural como a própria vida. É vivo – tudo isso vi com meus próprios olhos –, tudo isso acontece aqui do meu lado; por exemplo, a Teresa... e sem ir muito longe, temos também nosso pobre vizinho, o funcionário, que é exatamente como Samson Vírin, só que com outro nome – *Gorchkov*. É uma coisa comum, filhinha, que pode acontecer com qualquer um de nós. O conde que mora na Nevski ou na marginal também é igual, pode parecer diferente, porque age à maneira dele, em bom tom, mas no fundo é tudo igual, pode acontecer com ele o mesmo que acontece comigo. É desta forma que as coisas são, minha filha, e mesmo assim quer nos abandonar; assim, Várienka, corro o risco de cair no vício pecaminoso, o que será a sua e a minha perdição. Ah, minha luz, por Deus, tire esses pensamentos de sua cabecinha, não me torture inutilmente. E, sobretudo, diga-me como meu pobre passarinho, que sequer bateu asas, poderá ganhar para o seu sustento, defender-se sozinha das maldades? Não, Várienka, deixe as coisas como estão, tenha juízo; não dê ouvidos aos estúpidos conselhos e às mentiras, releia este livro, que lhe será proveitoso.

Conversei com Rataziaev sobre "O chefe da estação". Ele disse que tudo isso estava ultrapassado e que agora só publicam livros com ilustrações e descrições; não sei, certamente, não entendi bem o que queria dizer. Mas concluindo, ele disse que Pushkin não é ruim e que cantou a sagrada Rússia, e não sei que outras coisas mais. Sim, este livro é bom, muito bom; volte a lê-lo atentamente, siga o meu conselho e faça este velho feliz; seja obediente, que Deus a recompensará, com certeza.

Seu sincero amigo,
Makar Dievuchkin

*

6 DE JULHO

Prezado senhor Makar Aleksieievitch:

Fedora trouxe-me hoje os quinze rublos de prata. Como a pobre ficou contente quando lhe dei três rublos! Escrevo-lhe rapidamente. Acabo de cortar o tecido para o seu colete – é bonito, amarelo com florzinhas. Envio-lhe mais um livro; tem vários contos, e já li alguns; por favor, leia um deles, "O capote"[27]. Você me prometeu levar-me uma noite ao teatro. Não será muito caro? Pode ser nas galerias. Há muito tempo que não vou ao teatro, e já nem me recordo da última vez. Pergunto novamente: não será muito caro? Fedora balança a cabeça. Diz que está gastando mais do que pode, e eu mesma sei muito bem disso. Já gastou tanto dinheiro comigo! Tenha cuidado, meu amigo, para que não ficar apertado. Fedora também contou-me de certos bochichos – que teve uma discussão com a sua senhoria por ter deixado de pagar o aluguel. Fico muito preocupada. Até logo, estou apressada, tenho um trabalhinho na mão: estou substituindo as fitas de um chapéu.

V. D.

P.S. – Se formos ao teatro, quero usar meu chapéu novo e a mantilha preta. Será que ficarei bem assim?

*

[27] No original russo: *Шинель*, conto de Gógol, publicado em 1842, cujo personagem é o copista Akaki Akakievitch: como Makar Dievuchkin, é um copista atormentado pela pobreza. (N. do T.)

Prezada senhora Varvara Aleksieievna:

... Então, retomo o fio de nossa conversa de ontem. Sim, minha filha, também fiz minhas loucuras no passado. Apaixonei-me por uma atriz, apaixonei-me perdidamente, mas isso não é nada; o mais estranho é que eu nunca a vi, e só fui ao teatro uma vez, mas ainda assim me apaixonei. Naquele tempo vivia parede-meia com cinco rapazes, jovens e alegres. Travei conhecimento com eles, espontaneamente, apesar de manter certa distância. Mas depois, para não ficar atrás, uni-me ao grupo, aceitando tudo aquilo que queriam. E que coisas eles me contavam daquela atriz! Todas as noites sempre havia espetáculo, a turma toda ia ao teatro (mas para as coisas necessárias nunca tinham um tostão) e ficavam nas galerias, e todos os aplausos e ovações eram exclusivamente para aquela atriz; não cansavam de aplaudi-la, pareciam possuídos. E depois, como é natural, não me deixavam dormir; falavam dela a noite inteira, e cada um lhe chamava "minha Glacha", todos apaixonados por ela, somente por ela, todos tendo o mesmo canário no coração. Eu, sem poder fazer nada, também me deixava contagiar: era ainda tão jovem! Não sei como é que fui com eles ao teatro, à galeria de quarta categoria. O pior é que de lá, só conseguia distinguir uma ponta do pano; mas ouvia tudo. Ela tinha uma voz linda, é verdade, doce, sonora como a de um rouxinol. Aplaudíamos até ficarmos com as mãos roxas e doendo, e não nos cansávamos de gritar; numa palavra: por pouco não tínhamos problemas (aliás, um dos rapazes foi pego pelo pescoço, chegando a ser expulso).

Voltei para casa como que envolvido por uma névoa, embriagado! Restava-me apenas um rublo no bolso, e até o começo do mês faltavam ainda uns bons dez dias. E sabe o que fiz com esse dinheiro, minha querida? No dia seguinte, a caminho do trabalho, entrei numa perfumaria e gastei o que me restava em perfumes e sabonetes finos, sem nem mesmo saber para que queria tudo aquilo. E, além disso, ao invés de ir para casa jantar, fiquei rondando a casa da atriz, debaixo de sua janela. Ela morava no quarto andar de uma casa na Nevski. Mais tarde voltei para casa, descansei um pouco, e logo retornei, plantando-me novamente debaixo das janelas. Assim prossegui por um mês e meio, seguindo-a, alugando carruagens só para conduzir-me de lá para cá, nas imediações da casa. Em uma palavra, gastei nessas loucuras todo o meu ordenado e fui forçado a contrair dívidas; por fim, acabou-se a paixão, e comecei a achar aquela corte enfadonha. Veja o que uma atriz pode fazer com um homem decente! Mas, há que levar em conta que naquele tempo eu era novo, muito novo!...

M.D.

*

8 DE JULHO

Caríssima senhora Varvara Aleksieievna:

Apresso-me a devolver-lhe o livro que me emprestou no dia 6 deste mês e, ao mesmo tempo, quero esclarecer, nesta carta, algumas coisas. Agiu mal, filhinha, agiu muito nesta carta, algumas coisas. Agiu mal, filhinha, agiu muito mal em me situar em tal extremo. Por Deus, filha, permita-lhe dizer que tanto a condição de cada homem como o seu destino são traçados pelo Todo-Poderoso. Para um homem foi dado exibir as dragonas de general, a outro, servir como conselheiro titular[28]; a este, mandar; àquele obedecer, submisso, sem reclamar. Isso já é previsto de acordo com a faculdade de cada um; este tem aptidão para uma coisa, aquele para outra, mas já se sabe, essas aptidões são concedidas pelo próprio Deus. Eu já tenho trinta anos de serviço; o meu trabalho é irretocável, o meu comportamento é modesto, da minha parte jamais incorri em erro algum. Como cidadão considero-me, em sã consciência, um homem com certos defeitos, mas também com suas virtudes. Os meus superiores me respeitam e até Sua Excelência está satisfeito comigo, embora até agora não tenha dado mostra alguma de sua satisfação, mas sei que está satisfeito. Criei cabelos brancos no serviço; julgo não ter cometido qualquer pecado grave. Pecados pequenos, claro, quem não os tem? Todos pecamos, minha filha, até mesmo a menina. Mas não me pesa na consciência nenhum delito grave, nem sequer um ato consciente de insubordinação... como seja ter perturbado a ordem pública ou qualquer coisa semelhante; até já me propuseram uma pequena condecoração; mas para que falar disso? Você

[28] Havia desde 1834 uma divisão na hierarquia do funcionalismo russo; os funcionários eram divididos em três categorias: para os da primeira, os melhor educados, exigia-se 24 anos de serviço (saindo do 14º grau) para chegar à posição 5; para os da segunda, 30 anos; para os da terceira, os menos educados, 37 anos. As promoções por tempo de serviço não estavam garantidas, o que parecia demorado ascender na carreira. O conselheiro titular é o 9º dos catorze graus dessa hierarquia. (N. do T.)

tinha que saber disso tudo, e também ele[29], uma vez que se propôs a descrever, tinha que inteirar-se de tudo isso. Não, nunca a imaginei capaz de tal coisa, filhinha! Não, nunca esperei isso de sua parte, Várienka!

Como é? Agora não se pode mais viver em paz no nosso cantinho – seja ele como for –, sossegado, sem turvar as águas, como diz o ditado, sem incomodar ninguém, querendo apenas saber de si próprio e ser temente a Deus? Então agora entrarão em nosso cubículo para nos espiarem, para ver, por exemplo, se temos um bom colete, se não nos falta nada, digamos, de roupa branca; se temos botas, como estão suas solas; o que comemos, o que bebemos, o que copiamos?!... Minha filhinha, o que há de mal, por exemplo, quando a calçada está ruim, em andar de pontinha de pés para não estropiar as botas? Para que encher páginas para dizer que uma pessoa vive em necessidades, e que às vezes não toma chá? Como se todos os mortais tivessem a obrigação de tomar chá! Por acaso vivo olhando para a boca das pessoas para ver o que elas comem? Ofendi alguém deste modo? Não, minha filha, por que haveríamos de ofender a quem nunca nos fez mal algum? Olhe, vou lhe dar um exemplo, Varvara Aleksieievna: um homem passa a vida inteira a servir, servir, cumprir com seu dever consciente e zelosamente, não é mesmo?... até os chefes o respeitam (seja como for, mas respeitam-no), mas de repente alguém se planta diante do seu nariz, e sem mais nem menos, arma uma patuscada. É certo que às vezes encomendamos algo novo, e nem dormimos de tanta alegria – umas botas novas, por exemplo, que calçá-las é um prazer... é verdade, já aconteceu-me, é um prazer

---

[29] Refere-se ao autor do conto. (N. do T.)

imenso vermos o pé metido numa bota fina, elegante – isso está muito bem descrito no livro, nada a contestar. Mas ainda assim, confesso-lhe sinceramente que me surpreende que esse Fiodor Fiodorovitch[30] tenha lido este livro e não se tenha defendido. É verdade que ele é um chefete ainda jovem e, por vezes, gosta de pisar em seus subordinados, mas que importa que grite? Que mal há em dar uns pitos, fazer valer a cartilha aos subordinados? Mesmo que não haja necessidade, apenas para fazer uma cena – digamos que para manter as rédeas curtas, manter o tom, meter um pouco de medo, pois do contrário, Várienka, aqui entre nós, com os nossos funcionários públicos não se consegue nada sem um certo clima de medo, porque cada qual quer unicamente conservar o emprego sem fazer nada, de corpo mole, mantendo apenas as aparências. Mas como existe uma hierarquia, e cada posição requer a correspondente reprimenda, é preciso que o tom também seja diferente, é lógico! É nisto que o mundo se baseia, minha filhinha, há sempre alguém mandando no outro, repreendendo o outro. Sem esta medida de precaução o mundo não poderia subsistir um momento sequer, deixaria de haver ordem. Mas verdadeiramente o que me deixa espantado é que o próprio Fiodor Fiodorovitch tenha deixado passar inadvertidamente semelhante ofensa.

Mas para que escrever estas coisas? Para que serve? Será que algum leitor vai me fazer um capote novo? Ou me comprar um par de botas novas? Não, Várienka, o leitor apenas lerá, e ainda pedirá mais, uma continuação. Às vezes você se esconde, esconde algo que não assenta bem, tem medo de aparecer em algum lugar, porque teme os

---

[30] Alusão a um dos personagens de *O capote*, "o alto representante". (N. do T.)

mexericos, porque bem sabe que podem lhe aprontar alguma, e de repente toda a sua intimidade, toda a sua vida social é publicada, lida, ridicularizada, zombada, de forma que nem na rua você pode aparecer; o livro descreve tudo de tal forma que agora podem até reconhecer um dos nossos apenas pelo jeito de andar. Se pelo menos no final ele tivesse corrigido, quer dizer, suavizado algumas coisas dizendo, por exemplo – na parte que jogam os papeizinhos na cabeça dele – que o homem era honrado, bom cidadão; que não merecia tal tratamento por parte dos colegas; que era obediente, respeitava seus superiores, cumpria zelosamente com seus deveres (e aqui ele deveria ter dado um exemplo qualquer), que jamais desejou mal a alguém, que acreditava em Deus e que, ao morrer (já que, obrigatoriamente o autor queria que ele morresse), todos lamentaram. O melhor seria não matar o pobrezinho, fazer com que o capote fosse encontrado, que aquele general, depois de informado de suas virtudes, o transferisse para o seu escritório, promovendo-o a um posto mais alto e aumentasse o seu ordenado. Já viu o que isso acarretaria? O mal seria castigado, a virtude triunfaria, e seus companheiros ficariam morrendo de inveja. Eu, por exemplo, faria assim, afinal o que há de especial no que ele escreveu, que valor tem tudo isso? Não passa de um exemplo inútil de uma vida cotidiana e banal. Como Várienka teve a coragem de me mandar tal livro? É um livro mal intencionado, simplesmente irreal, pois é impossível que em alguma parte haja um funcionário como esse! Isso merece uma queixa, Várienka, merece uma queixa formal.

Seu obediente servidor

Makar Dievuchkin

*

27 DE JULHO

Prezado senhor Makar Aleksieievitch:

Sua carta e os últimos acontecimentos assustaram-me, deixaram-me perplexa, mas o que a Fedora contou-me explica tudo. Por que razão Makar Aleksieievitch tinha que se desesperar a ponto de cair no abismo em que caiu? Suas justificativas não me satisfizeram. Vê agora como eu tinha razão ao insistir em aceitar aquele emprego tão vantajoso que me ofereceram? Além do que a última aventura assusta-me particularmente. O senhor diz que me escondia a verdade porque me ama. Eu sei muito bem o que faz por mim, desde quando quis me assegurar de que somente gastava comigo o dinheiro que dizia ter de reserva numa poupança, para exatamente quando surgisse uma necessidade. Agora, quando soube que nunca teve dinheiro guardado e que, ao saber e ter ficado compadecido de minha triste situação, decidiu gastar o seu ordenado, que pediu adiantado, que durante minha doença chegou até a vender sua roupa – agora, que descobri tudo, encontro-me numa situação tão torturante que nem sei o que pensar nem como reagir. Ah, Makar Aleksieievitch! Deveria ter se limitado às primeiras dádivas, que a sua compaixão e afeto de parente lhe provocaram, e não ter continuado a esbanjar dinheiro comigo inutilmente. Makar Aleksieievitch abusou de minha confiança, traiu nossa amizade porque não foi sincero, e quando sei que gastou seu último centavo comprando roupas e bombons para mim, com passeios, teatros e livros, pago caro lamentando a minha imperdoável leviandade (porque aceitava tudo sem me preocupar de onde procedia.); e tudo isso, com o que quis dar-me prazer, converte-se agora num peso esmagador para mim, e apenas resta um arrependimento inútil. Notei que nos últimos tempos estava abatido, e embora eu mesma fosse assaltada por um pressentimento triste, o que acabou por acontecer jamais passou pela cabeça. Como é possível! Como pôde perder o ânimo a esse ponto? O que dirão agora as pessoas que o conhecem? Será possível que você, a quem eu e todos os demais respeitavam por sua bondade, simplicidade e sensatez, tenha contraído um vício tão repugnante que, segundo parece, ninguém conhecia? Não imagina o que senti quando a Fedora contou-me que havia sido encontrado bêbado na rua e que fora levado para casa pela polícia! Fiquei paralisada, apesar de já esperar qualquer anormalidade quando vi que não aparecia fazia quatro dias. Mas o Makar Aleksieievitch não pensou no que poderiam dizer seus superiores quando soubessem da verdadeira razão de sua falta no serviço? Diz que todos riem do senhor, que ninguém mais ignora nossas relações e que seus vizinhos, em suas troças, mencionam o meu nome. Não se preocupe com isso, Makar Aleksieievitch, e pelo amor de Deus, fique tranquilo, acalme-se. Também deixou-me inquieta a história com esses oficiais – ouvi apenas um rumor. Explique-me tudo isso. Diz que tinha medo de me dizer a verdade, que tinha medo de perder nossa amizade, que estava desesperado sem saber como me ajudar na minha doença, que vendeu tudo para poder pagar os gastos e evitar que me levassem para o hospital, que se endividou até os olhos, motivo pelo qual sua senhoria faz escândalo todos os dias. Ao me esconder tudo isso, agiu mal. Agora estou sabendo de tudo. Sei que não queria que eu descobrisse que era a causa do seu infortúnio, mas agindo assim, causou-me duplo desgosto. Tudo isso me marcou profundamente, Makar Aleksieievitch. Ah, meu amigo, a desgraça é uma doença contagiosa! Os pobres e os desgraçados devem se afastar uns dos outros para não agravarem ainda mais sua miséria. Eu lhe proporcionei problemas que nunca antes experimentara em toda sua vida. Isso tudo me atormenta e me mortifica.

Escreva-me agora com sinceridade tudo o que lhe aconteceu e como pôde fazer uma coisa dessas. Acalme-se, se for possível. Não é o amor-próprio que me faz falar do meu sossego, mas meu amor e meu carinho pelo senhor que nada poderá tirar do meu coração. Até logo. Aguardo impaciente sua resposta. Makar Aleksieievitch pensou mal de mim.

Com amor cordial
Varvara Dobroselova

*

28 DE JULHO

Minha inestimável Varvara Aleksieievna:

Sim, agora que tudo passou e as coisas, pouco a pouco, voltam ao normal, posso dizer-lhe com sinceridade, minha filha: sei que está preocupada com o que as pessoas pensarão de mim, mas eu lhe respondo que para mim o bem mais precioso é a minha dignidade. Agora, depois de contar-lhe minhas calamidades e contratempos, aproveito para informar-lhe que entre os meus superiores ninguém sabe nada e nem saberá, portanto continuarão a respeitar-me como antes. Só temo uma coisa: os mexericos. Aqui em casa, a senhoria gritou muito, mas agora que lhe paguei parte de minha dívida, graças aos seus dez rublos, limita-se apenas a resmungar. Quanto aos demais, não há problema, é só não pedir-lhes dinheiro emprestado que não há problema. Mas, para concluir minhas explicações, direi ainda, minha filha, que seu respeito por mim vale mais do que tudo no mundo, e com isso me consolo agora, no meu desvario temporário. Graças a Deus que o primeiro impacto e os primeiros tumultos já passaram, e que você encarou tudo numa boa, sem me considerar um amigo pérfido e egoísta por tê-la segurado ao meu lado, enganando-a; amava-a tanto que não tinha forças para separar-me do meu anjo. Voltei a trabalhar com fervor na repartição, cumprindo fielmente com meus deveres burocráticos. Evstafi Ivanovitch nada me disse ontem, quando passei por ele. Não quero lhe esconder, filhinha, que me contrariam muito as dívidas e o mau estado de minha roupa, mas não tem importância, pois hei de reparar isso – não se desespere, filhinha, eu lhe peço. Mandou-me mais cinquenta copeques, Várienka, e este dinheiro transpassou-me o coração. De modo que agora é assim. Não sou eu, o velho imbecil, quem a ajuda, mas é você, anjinho, minha pobre órfãzinha que me ajuda! Agradeça a Fedora por ter conseguido aquele dinheiro. No momento, eu não tenho a menor esperança de conseguir algum, mas logo que surgir uma possibilidade, conto-lhe tudo em detalhes. Os boatos, são os boatos que me preocupam mais. Até logo, meu anjo. Beijo-lhe a mãozinha e suplico-lhe que faça por onde melhorar. Escrevo-lhe com brevidade, sem detalhes, porque devo apressar-me para ir ao trabalho, pois quero, com zelo e aplicação, compensar os meus erros e desleixos no serviço, e tranquilizar a minha consciência; é por isso que deixo para a noitinha o relato sobre os acontecimentos e aquele lance com os oficiais.

Com respeito e amor cordial,

Makar Dievuchkin

*

28 DE JULHO

Ah, Várienka, Várienka! Agora a culpa é sua, e haverá de pesar em sua consciência. Com a sua carta, deixou-me completamente desnorteado, confuso, e somente agora, com calma para pensar, penetrei fundo em meu coração e vi que tinha razão, razão de sobra. Não falo do que aconteceu (esqueça, filhinha, não falemos mais nisso!), mas no fato de amá-la e de não haver nenhuma insensatez no meu amor por você. Mas você, filhinha, não sabe, mas se soubesse por que aconteceu tudo isso, por que não posso deixar de amá-la, se expressaria de outra maneira. Estou certo de que tudo o que me fala, todos esses argumentos razoáveis não vêm do seu coração.

Minha querida, para dizer a verdade, nem eu mesmo sei exatamente o que aconteceu entre mim e aqueles oficiais. Devo confessar-lhe, meu anjinho, que antes disso eu me encontrava totalmente confuso. Imagine, minha filha, fazia um mês que andava, como se diz por aí, pendurado por um fio de cabelo. A situação chegou ao ponto de não saber mais o que seria de mim. Escondia-lhe tudo, e aqui em casa também, mas a senhoria acabou armando uma tremenda confusão. Eu não me incomodaria com isso. Que essa escandalosa berrasse o quanto quisesse, mas uma coisa é a vergonha, e outra é que ela, não sei como, soube de nós dois e pôs-se a gritar para que todos ouvissem, dizia tanta coisa a nosso respeito que fiquei apavorado e tapei os ouvidos. Acontece que os outros não taparam, pelo contrário, ficaram com eles bem abertos. Até agora, filhinha, não sei onde enfiar a cara.

Pois bem, meu anjinho, foi tudo isso, esse monte de desgraças, que me fizeram chegar aonde cheguei. E ainda tive que ouvir da boca de Fedora que um tipo insignificante havia se apresentado em sua casa e tinha lhe insultado com uma proposta indecente, ofendendo-a profundamente; sei o que é isso por experiência própria, pois também me senti profundamente ofendido e insultado. Então, minha filha, perdi a cabeça, perdi o controle, fiquei completamente perdido. Daí, Várienka, enchi-me de uma cólera tão forte como em toda minha vida nunca experimentara, e comecei a correr em busca daquele elemento, daquele sedutor, por ter ofendido a quem tinha por mais sagrado neste mundo. Nem sei mesmo o que teria feito dele caso o encontrasse. Bem, havia dor e pesar na alma!... Chovia, a rua cheia de lama, caí numa tristeza danada! Pensei em voltar para casa, mas naquele instante aconteceu a fatalidade, a minha queda. Encontrei o Emélia, o Emélian Ilitch, um funcionário, quer dizer, foi funcionário, agora já não é mais porque o demitiram. Ignoro sua ocupação atual, mas deve saber se virar; então seguimos juntos. Depois, Várienka – mas para que falar nisso, o que pode haver de divertido em saber dos passos em falso e dos erros do seu amigo, das aventuras em que se meteu? No terceiro dia, ao entardecer, esse Emélian açulou-me e eu fui com ele até a casa desse oficial. Eu soube do seu endereço pelo nosso porteiro. E agora que tocamos nisso, filhinha, digo-lhe que já fazia tempo que estava de olho nele; já o observava quando morava em nossa casa. Agora sim, compreendo que não agi corretamente porque, quando lhe anunciaram minha visita, eu estava de causar vergonha. Depois, filhinha, francamente, não sei o que aconteceu; recordo-me apenas de que estavam com ele vários oficiais, ou então eu já estava vendo tudo duplicado – não sei. Também não me lembro do que lhe disse, apenas que comecei a falar pelos cotovelos em minha nobre indignação. Chegou um momento em que expulsaram-me, atirando-me escada abaixo, quer dizer, não chegaram a atirar-me, limitaram-se a dar-me um empurrãozinho. No mais, você já sabe como voltei para casa, e é tudo. Naturalmente que me rebaixei e manchei um pouco a minha reputação, mas ninguém sabe disso, isto é, nenhum estranho sabe, exceto você; de modo que é como se nada tivesse acontecido. Talvez tenha sido isso, Várienka de minha alma, o que diz? A única coisa que sei é que, no ano passado, o nosso Aksenti Ossipovitch fez o mesmo com Piotr Petrovitch, mas o fez em surdina. Chamou-o ao quarto do guarda, presenciei tudo por uma fresta, e ali, fez o que tinha de fazer, mas de forma elegante, e ninguém, além de mim, viu isso, mas eu, é claro, fiquei de boca fechada. Depois disso, Piotr Petrovitch e Aksenti

Ossipovitch fizeram as pazes, e se tratam como se nada tivesse acontecido. Piotr Petrovitch é, como sabe, um homem digno, e também nada disse a ninguém. Agora, quando se encontram, dão as mãos. Não nego o que fiz, Várienka, nem me atrevo a contradizê-la; compreendo que me rebaixei muito e, o que é mais terrível, perdi o respeito por mim próprio, mas tudo isso provavelmente já estava escrito desde o dia em que nasci; deve ser o meu destino – e do destino ninguém foge, você sabe. Portanto tem aqui, Várienka, o relato circunstanciado de minhas desgraças e desventuras, o que para você deve ser penoso ler. Estou adoentado, filhinha, incapaz de dizer uma graça. Testemunhando minha afeição, amor e respeito, e continuo, prezada senhora Varvara Aleksieievna,

seu fiel servidor
Makar Dievuchkin

*

29 DE JULHO

Prezado senhor Makar Aleksieievitch:

Li suas duas cartas e fiquei abismada! Escute, meu amigo, ou me esconde algo e apenas me fala parte de suas desgraças, ou... francamente, Makar Aleksieievitch, vou acabar achando que suas cartas demonstram que anda com algum problema sério. Venha visitar-me, pelo amor de Deus, venha hoje mesmo para almoçar conosco. Já não sei como anda e como acertou as coisas com a sua senhoria.

Não diz nada disso em suas cartas e parece que o faz propositalmente, como se quisesse esconder algo. Até breve, meu amigo, venha hoje sem falta. Mas seria melhor se viesse almoçar conosco diariamente. A Fedora cozinha muito bem. Até logo.

Sempre sua
Varvara Dobroselova

*

1º DE AGOSTO

Minha cara Varvara Aleksieievna:

Creio que está contente, filhinha, por Deus lhe ter dado a oportunidade de pagar o bem com o bem e agradecer-me. Acredito nisto, Várienka, e também na bondade do seu coração angelical; digo-lhe ainda, não para censurá-la: não me acuse, como o fez, de que eu, com a idade, fiquei confuso. Se quiser insistir que pequei, tudo bem, o que se há de fazer! – mas o duro é ouvir isso de você, minha amiga! Não me leve a mal por eu dizer essas coisas que me oprimem o peito, filhinha! Nós os pobres somos caprichosos – assim a natureza o quis. Já o tinha observado antes, e agora o sinto ainda mais. O pobre é desconfiado, vê o mundo à sua maneira, olha de soslaio cada pessoa que passa, receoso, e pega no ar cada palavra: será que falam dele, comentam em voz baixa por que é tão feio? O que será que ele sente? Em que se ocupa? Quem sabe perguntam como vê as coisas deste ou daquele ponto de vista? Todos nós sabemos, Várienka, que um homem pobre é pior do que um trapo e que, escrevam o que escreverem, não merece de ninguém a menor consideração... Porque seja o que for que esses literatos escrevam, um homem pobre sempre será um pobre. E por que é assim? Porque para eles o homem pobre deve, por assim dizer, ver e andar à superfície, nada pode guardar no íntimo de sua alma, nem sequer o orgulho ou qualquer sentimento parecido, pois isso não é tolerado. O Emélia contou-me que há pouco fizeram uma coleta a seu favor não sei onde, e que a cada dez copeques arrecadados lhe fizeram, de certo modo, um inquérito oficial. Eles acreditavam que estavam dando aquelas moedas por nada, gratuitamente, mas não, eles estavam pagando para que lhes exibissem um homem pobre. Hoje em dia, filhinha, mesmo a caridade é feita de uma maneira estranha, ou talvez tenha sido sempre assim, quem sabe! Uma das duas: ou não sabem fazer caridade, ou são hábeis em fazê-la! É possível que você ignore estas coisas, mas a partir de agora saberá. Creia-me, Várienka, de outras coisas podemos não saber absolutamente nada, mas desta matéria sabemos tudo! E por que o homem pobre sabe dessas coisas, sobretudo por que pensa nessas coisas? Por quê? Ora, por experiência! Ele sabe que aquele homem que caminha ao seu lado e entra num restaurante já pensa com seus botões: "o que terá para comer hoje aquele funcionariozinho maltrapilho? Eu – pensa ele – vou pedir *sauté-papillote*, enquanto ele, é possível que se contente com uma papinha sem manteiga." Mas o que lhe importa se eu só tenha uma papinha sem manteiga para comer? Sim, há homens assim, Várienka, que só pensam nessas coisas. E esses tipos inúteis, esses bisbilhoteiros indecentes vivem a observar como é que pisamos as pedras da calçada, se é com a planta inteira ou se apenas com a ponta do pé, tomando nota se um empregado tal, do departamento tal, conselheiro titular usa botas onde aparecem seus dedos nus, ou se tem os cotovelos do uniforme remendados – e depois descrevem tudo isso num livro, sem omitir detalhe algum, e sem mais mandam para publicação... Mas o que importa que eu ande com os cotovelos rasgados? Sim, perdoe-me a palavra grosseira, Várienka, mas digo-lhe que o homem pobre nesse estado tem o mesmo pudor que você, menina, o pudor virginal. É que você – desculpe-me o termo grosseiro – não vai se despir na frente de todo mundo; da mesma forma, o homem pobre não gosta que metam o nariz em sua choça e espiem como vive com sua família. Por que fui me ofender, Várienka, aliando-me aos meus inimigos para atentar contra a honra e a dignidade de um homem honesto?

Esta manhã eu estava sentado na repartição, muito calado e absorto, igual um pardal depenado, sentindo vontade de morrer, de tão envergonhado que estava de mim mesmo. Tinha vergonha, Várienka! É que mesmo sem querer uma pessoa perde a coragem quando sabe que pelos rasgos de suas mangas seus cotovelos ficam saindo e que os botões da jaqueta apenas estão presos por um fio. Na verdade, eu não estava assim, desmazelado, de propósito! Quando isso acontece a pessoa fica desanimada. Falar o quê? Hoje, o próprio Stepan Karlovich falou comigo de algo relacionado a trabalho; falou disso, daquilo, e meio sem querer, creio, disse: "Eh, Makar Aleksieievitch, meu amigo...", e não terminou a frase, mas eu mesmo adivinhei e corei tanto que a minha careca certamente ficou vermelha. Isso, no fundo, não significa nada, mas causa certa inquietação e dá um rumo melancólico ao nosso pensamento. Alguma vez já sentiu algo assim? Confesso-lhe com franqueza que suspeito, desconfio de certo indivíduo. Com esses safados não há quem possa! Traem, denunciam nossa vida íntima, são capazes de tudo; para eles não existe nada sagrado!

Sei agora quem foi o responsável por esta façanha: Rataziaev. Ele tem amizade com alguém de nosso departamento e, deduzo que, no meio da conversa, acabou contando alguma coisa, com acréscimos, claro; ou então tenha contado em seu departamento, e dali a história correu até chegar ao nosso. Bom, no nosso prédio todos estão cientes de tudo e apontam o dedo para sua janela; e tenho certeza disso. Ontem quando saí para almoçar em sua casa, correram para as janelas e puseram as cabeças para fora, e a senhoria disse: vejam que coisa, o diabo se metendo com uma criança de peito; e depois tratou-a, Várienka, com uma palavra indecente. Mas tudo isso não é nada comparado à escandalosa intenção de Rataziaev de nos pôr, eu e você, em uma de suas novelinhas e nos descrever numa sátira irônica; ele próprio disse, a mim e a todos os vizinhos. Nem penso em outra coisa, filhinha, e nem sei que atitude tomar. Sim, porque eu e você, meu anjinho, provocamos a ira de Deus! A filhinha queria enviar-me um livro para que eu me distraísse. Esqueça, por hora, querida, não quero o livro! Pra que o livro? O que significa o livro? Não passa de fantasia! Mesmo o romance é uma asneira, escrito para nada, apenas para ser lido por aquela gente ociosa, creia em mim, filhinha, acredite em minha experiência de anos. Agora estão nos enchendo com um tal de Shakespeare, dizendo, veja, na literatura existe Shakespeare, mas saiba que Shakespeare também é um disparate, nada mais que um disparate, inventado apenas para ser um pasquim!

Seu

Makar Dievuchkin

*

2 DE AGOSTO

Prezado senhor Makar Aleksieievitch:

Por favor, não se preocupe com nada, se Deus quiser tudo se ajeitará. A Fedora conseguiu trabalho para nós duas, e muito felizes começamos a trabalhar; quem sabe teremos dinheiro para pôr as coisas em ordem. A Fedora acha que Anna Fiodorovna tem uma mãozinha em meus últimos infortúnios; mas para mim é indiferente. Hoje estou muito, mas muito disposta. O senhor quer pedir dinheiro emprestado – Deus o livre de tal coisa! Quando fosse preciso pagar, tudo se complicaria. O melhor mesmo é tentar uma vida mais regrada, nos visitar com mais frequência e não se preocupar com as coisas que a sua senhoria diz. Quanto aos seus inimigos e detratores, estou convencida de que está se torturando com desconfianças infundadas, Makar Aleksieievitch! E atenção: devia caprichar mais na escrita, pois não é a primeira vez que escreve de forma incoerente. Bom, adeus, até logo. Espero que apareça sem falta.

Sempre sua,
V.D.

*

3 DE AGOSTO

Meu anjinho, Varvara Aleksieievna:

Apresso-me a comunicar-lhe, minha vida, que volto a ter novas esperanças. Mas permita-me, minha filha – escreve-me dizendo que não devo fazer empréstimos? Mas minha pombinha, sem eles é impossível; as coisas vão mal para mim, e com você também pode acontecer algum imprevisto. Anda sempre tão fraquinha; e estou escrevendo exatamente para dizer que é preciso fazer um empréstimo. Dito isto, continuo.

Devo dizer-lhe, Varvara Aleksieievna, que na minha repartição estou sentado ao lado de Emélian Ivanovitch. Não se trata daquele Emélian de quem já lhe falei. Este, como eu, é conselheiro titular, e ambos somos os mais antigos funcionários do departamento. É um homem boníssimo, sem um naco de egoísmo, nada sociável, apenas fala duas palavras seguidas, tem o olhar de um autêntico urso. Trabalha bem, escreve com boa letra inglesa e, para dizer a verdade, não escreve pior do que eu – é um homem honrado. Nunca fomos íntimos, limitando-nos a saudações convencionais: bom dia, boa tarde, até logo, fique com Deus; ou, por exemplo, quando preciso de um canivete, peço-lhe: caro Emélian Ivanovitch, empreste-me o seu canivete um momentinho... como vê, nunca tivemos uma conversa, a não ser o estritamente necessário entre pessoas que trabalham numa mesma repartição. Pois bem, hoje ele falou comigo: por que está tão pensativo, Makar Aleksieievitch? Sentindo que me falava com a melhor das intenções, desabafei com ele – disse, as coisas acontecem assim, assado, Emélian Ivanovitch, mas não contei tudo, Deus me livre, e nunca direi, mesmo porque nunca terei coragem para isso, mas confessei-lhe algumas coisas, de que estava em apuros, precisava de dinheiro, etc. "Mas, paizinho – disse Emélian Ivanovitch – por que não pede emprestado, por exemplo, a Piotr Petrovitch, ele empresta dinheiro a juros; eu mesmo já pedi um empréstimo, e posso assegurar que ele cobra juros decentes, não muito elevados." Ao ouvi-lo, Várienka, meu coração começou a palpitar. E como palpitava! Pensei: talvez Deus inspire Piotr Petrovitch a emprestar-me dinheiro. E em seguida já comecei a fazer contas: pagar à senhoria, ajudar a Várienka e mandar ajeitar minhas roupas que estão uma vergonha, até dá medo de sentar, isso sem contar que os jovens já começam a rir, Deus tenha piedade deles! E Sua Excelência também passa algumas vezes perto da nossa mesa, e, Deus me livre, morro de medo que ele dê uma olhadinha para minha roupa, que está terrível. Para Sua Excelência o asseio e decoro são as coisas mais importantes do mundo. Provavelmente não dissesse nada, mas eu morreria de vergonha. Por isso criei coragem e, escondendo a vergonha no saco, fui até Piotr Petrovitch, cheio de esperança, mas completamente tenso. Mas tudo aquilo, Várienka, deu em nada. O sujeito estava ocupado, conversando com Fedossei Ivanovitch. Aproximei dele e dei uma puxadinha em sua manga: Piotr Petrovitch, Piotr Petrovich, por favor. Ele virou-se para mim, e eu lhe disse: tal e tal, etc., Piotr Petrovitch, é assim, é assado, trinta rublos, por favor, etc. Primeiro não entendeu nada, mas depois, quando lhe expliquei tudo, começou a rir, não disse uma só palavra. Voltei a pedir, e ele: tem alguma garantia? E debruçado sobre papéis, continuou escrevendo, sem sequer me dirigir um olhar. Fiquei constrangido, claro. Não, não tenho nenhuma garantia, Piotr Petróvitch, digo eu, e lhe explico: devolverei o dinheiro quando receber o ordenado, lhe pago sem falta, é a primeira coisa que farei. Naquele momento alguém o chamou, e eu fiquei à sua espera. Não demorou para voltar. Sentou-se, pôs-se a afiar a pena, sem sequer reparar em mim. Mas eu voltei à carga: como é, Piotr Petrovich, temos como resolver a questão? Ele não dizia nada, era como se não me ouvisse. Mas eu esperei, esperei, tal e tal, até que pensei: bom, tentarei uma última vez, e voltei a puxá-lo pela manga. Ele nem abriu a boca, tirou um pelinho da pena e pôs-se a escrever. Então retirei-me dali. Pode ser que esses sujeitos sejam todos decentes, mas são soberbos, muito soberbos. E eu, coitado, quem sou? Quem sou eu para eles, Várienka? Era aqui que eu queria chegar nesse lenga-lenga todo. Emélian Ivanovitch danou-se a rir e balançou a cabeça, mas como bom homem que é, não quis me tirar as esperanças. Emélian Ivanovitch é realmente um homem bom. Prometeu que me recomendaria a um certo indivíduo, que mora nas bandas de Viborg[31], que também empresta dinheiro a juros, funcionário da 14ª graduação. Diz Emélian Ivanovitch que esse com certeza me emprestará o dinheiro. Amanhã, meu anjinho, darei um pulo lá... Que lhe parece? Sem dinheiro não há como seguir em frente. A senhoria já ameaçou me expulsar da casa e não me serve mais os almoços. Além do mais, as minhas botas estão num estado deplorável, já me falta uma série de botões... e quem sabe quantas coisas mais!

---

[31] *Viborgskaya Storona*, bairro proletário de São Petersburgo, famoso pela indústria têxtil, conhecido nos dias da revolução de 1917 como o "bairro bolchevique". (N. do T.)

E se algum chefe reparar em mim? Uma verdadeira desgraça, Várienka, uma verdadeira desgraça!

Makar Dievuchkin

*

4 DE AGOSTO

Querido Makar Aleksieievitch:

Pelo amor de Deus, Makar Aleksieievitch, peça dinheiro emprestado imediatamente; naturalmente não lhe pediria ajuda em suas atuais circunstâncias, mas se soubesse em que situação me encontro! Não podemos continuar nesta casa, precisamos mudar! Aconteceu algo muito desagradável, e nem pode imaginar como estou abalada e desesperada! Imagine, meu amigo: esta manhã apresentou-se aqui em casa um desconhecido, um homem já de idade, quase velho, com uma condecoração no peito. Fiquei espantada, não compreendia o que desejava aqui. A Fedora havia ido às compras. O visitante começou a me fazer perguntas: como vivia, o que eu fazia e, sem aguardar as respostas, disse que era tio daquele oficial, que estava irritado com a conduta incorreta do sobrinho, sobretudo por nos ter difamado por todo o prédio; disse que o sobrinho era um desajuizado, displicente, e que sendo seu tio, via-se obrigado a compensar seus erros e a me defender; aconselhou-me que não desse atenção aos jovens; que sentia compaixão por mim como se fosse meu pai, que tinha por mim um amor paternal e estava disposto a me ajudar em tudo. Eu fiquei corada, não sabia o que pensar daquilo, e sequer lhe agradeci. Ele me tomou a mão à força, me deu uma palmadinha na bochecha, disse que eu era muito bonita, sobretudo minhas covinhas nas bochechas (que coisas que me disse!) e por fim tentou me beijar, dizendo que estava velho (estava babando!). Naquele momento a Fedora entrou. Ele ficou meio embaraçado e insistiu em dizer que respeitava minha simplicidade, sobretudo minha boa educação e que desejava muito que eu não rejeitasse sua amizade. Depois chamou Fedora do lado e, sob algum pretexto, quis lhe dar dinheiro. Fedora, naturalmente, não aceitou. Por fim, se despediu, reiterou as promessas que fizera há pouco, disse que voltaria a me visitar e que me traria uns brincos (creio que estava muito confuso); aconselhou-me, ainda, a mudar de casa, recomendando um bom apartamento que ele conhecia e que não me custaria nada; repetiu que gostava de mim por ser uma moça honrada e discreta, voltando a pedir que tivesse cuidado com os jovens libertinos, e, finalmente, disse que conhecia Anna Fiodorovna e que esta o encarregara de me dizer que ela mesma não tardaria a me fazer uma visitar. Então, compreendi tudo! Não posso explicar o que sentia, era a primeira vez que me via em tal situação. Sei que fiquei fora de mim e critiquei o seu proceder. Fedora me ajudou nisso e literalmente o expulsou de casa. Chegamos à conclusão de que tudo aquilo era obra de Anna Fiodorovna, porque não sendo ela, como saberia de nós?

Dirijo-me a você, Makar Aleksieievitch, e peço-lhe que me ajude. Pelo amor de Deus não me deixe sozinha nesta situação! Tente conseguir algum dinheiro, ainda que seja pouco, pois não temos absolutamente com que custear os gastos de uma mudança, mas também de jeito algum podemos continuar vivendo nesta casa. A Fedora pensa como eu. Precisamos de, pelo menos, vinte e cinco rublos; devolvo-lhe depois esta quantia, pois vou ganhá-la com meu trabalho; a Fedora me arranjará mais trabalho nos próximos dias, assim, mesmo que ache que os juros sejam muito altos, não se preocupe e aceite o que exigirem. Devolverei tudo depois, mas, pelo amor de Deus, não me abandone agora. Custa-me muito incomodá-lo nas atuais circunstâncias, mas não há mais alguém em quem eu possa depositar minhas esperanças! Até logo, Makar Aleksieievitch, pense em mim, e que Deus o ajude!

V. D.

*

4 DE AGOSTO

Minha pombinha Varvara Aleksieievna:

São esses golpes inesperados que me desconcertam! São essas pragas terríveis que me mortificam a alma! E se não bastasse, essa corja de libertinos e esses velhotes desprezíveis querem que meu anjinho adoeça e, mais ainda, querem causar a minha própria morte. E o farão, juro que o farão. Porque mesmo que esteja pronto para morrer, hei de ajudá-la; se não o fizer, Várienka, será minha morte, minha verdadeira morte! Mas por outro lado, se lhe ajudar, fugirá de mim como um pássaro do ninho que esses mochos, essas aves de rapina, querem bicar até a morte. Isso, minha filha, é o que mais me atormenta. Mas Várienka, como você pode ser tão cruel? Como pode ser? Você, meu passarinho, é atormentada, ofendida, e mesmo sofrendo, se preocupa por ter de me incomodar, e ainda promete trabalhar para devolver o dinheiro, o que significa que destruirá sua saúde, cada vez mais delicada, para que eu consiga pagar o que devo no prazo. Já pensou, Várienka, no que fala? Por que vai costurar, trabalhar, torturar sua pobre cabecinha com essas preocupações, estragar a vista e piorar a saúde? Ah, Várienka, Várienka, está vendo, minha pombinha, eu não valho nada, não presto para nada, mas vou fazer o possível para me tornar útil. Vencerei as dificuldades, procurarei trabalho extra, farei cópias para os literatos, falarei com eles, sim, falarei com eles; porque eles precisam de bons copistas, sei que procuram, e não vou deixar que a Várienka trabalhe tanto até cair doente; por nada consentirei isso. Vou atrás de dinheiro emprestado e conseguirei; antes morra se não o fizer. Diz-me, pombinha, que eu não me preocupe com os juros elevados – pode estar segura de que não me preocuparei com isso, nada me assustará. Pedirei emprestados quarenta rublos em papel, filhinha; não é muito, Várienka, o que acha? Mas será que me emprestarão quarenta rublos somente com a minha palavra? Quer dizer, acredita que minha fisionomia lhes inspire confiança logo à primeira vista? Pense bem, meu anjinho, pense bem, será que posso causar uma boa impressão a quem me vê pela primeira vez? O que acha? Bem, sinto medo, um medo doentio, verdadeiramente doentio! Dos quarenta rublos, vinte e cinco são seus, Várienka: dois rublos para a senhoria, e o resto para os meus gastos. Na verdade, deveria dar mais à senhoria, era preciso; mas pense bem, filhinha, faça as contas das coisas que são imprescindíveis e verá que não é possível, que de modo algum posso lhe dar mais, portanto não tem que se preocupar, nem falar mais do assunto. Com um rublo de prata compro um par de botas, porque, confesso-lhe que nem sei se amanhã conseguirei ir ao serviço com as que ora uso. Também preciso de um lenço para o pescoço, pois o que tenho está velho e já tem quase um ano de uso; mas como você me prometeu fazer do seu velho avental um lenço, e também uma peiteira, já nem penso mais em comprar um novo. Teremos botas e lenço, mas e os botões, filhinha? Há de convir que não posso andar sem botões, e da sobrecasaca já caiu mais da metade. Tremo quando penso que Sua Excelência pode reparar em meu estado de abandono e dizer... não, nem quero saber o que possa dizer. E digo-lhe mais, minha filha, nem chegarei a ouvir o que ele possa dizer, porque antes disso morro, no ato, morro de vergonha só de pensar nisso. Ah, minha filha, não poderia sobreviver a essa vergonha! Depois de tudo, restarão três rublos, que são para comer e comprar meia librinha de tabaco, pois o tabaco para mim é a vida, não sei viver sem ele, e hoje faz nove dias que meu cachimbo não deita fumaça. É verdade, eu poderia comprar o tabaco sem lhe dizer nada, só que fico com a consciência pesada. Você com essa penúria toda e eu procurando deleitar-me. Assim, para não ter remorsos, é que lhe conto tudo isso. Confesso-lhe, Várienka, que atualmente estou numa situação sumamente desesperadora, quer dizer, jamais na vida havia experimentado algo assim. A senhoria me despreza, todos me desrespeitam; me falta tudo, por todo lado dívidas; no trabalho, onde nunca senti simpatia por parte dos colegas, nem vale a pena falar o que acontece. Dissimulo tudo, procuro esconder tudo, eu mesmo me escondo quando entro no escritório, faço o possível para passar despercebido, sempre distanciado de todos. Só tenho coragem para contar tudo isso a você, Várienka... Mas, e se aquele homem não quiser me emprestar o dinheiro? Não, Várienka, é melhor nem pensar nisso e não atormentar a cabeça com semelhante pensamento. Digo isso para preveni-la, para que fique atenta, e não se atormente com o que penso. Mas meu Deus, o que será de você! Seguramente não poderá se mudar, mas estarei sempre perto... ou não, caso não consiga o dinheiro, fujo daqui, desapareço, sucumbo! Esta carta já está longa demais, e preciso me barbear, pois assim pareço mais respeitável, e com bom aspecto se consegue sempre mais. Que Deus nos ajude! Rezarei um pouco e, depois, ponho-me a caminho!

Makar Dievuchkin

*

5 DE AGOSTO

Meu querido Makar Aleksieievitch:

Se pelo menos você não se desesperasse! Já temos tantas preocupações. Mando-lhe trinta copeques de prata, que é tudo o que tenho. Compre o que precisar para se segurar até amanhã. Nós próprias já não temos praticamente nada e nem sei como nos viraremos amanhã. Que tristeza, Makar Aleksieievitch! Mas não quebre a cabeça: não deu certo, paciência, o que vamos fazer? A Fedora diz que não faz mal, que ainda podemos nos manter aqui um pouco mais, que não ganharíamos nada se tivéssemos mudado, porque, se eles quiserem, nos encontram. De qualquer forma ainda acho que não é bom ficarmos aqui. Se não houvesse tanta tristeza, até que lhe escreveria algumas coisas mais.

Que temperamento estranho o seu, Makar Aleksieievitch! Tudo leva a peito, e é por isso que será sempre muito infeliz. Leio com toda atenção suas cartas e vejo que em cada uma se preocupa e sofre por mim, mais do que eu mesma. Naturalmente, todo mundo dirá que tem um bom coração, mas eu direi que é bom além da conta. Atrevo-me a lhe dar um conselho de amiga, Makar Aleksieievitch. Sou-lhe grata por tudo que tem feito por mim, sou-lhe profundamente grata; mas pense você mesmo como me sinto em ver, que mesmo agora, com todos esses dissabores, de que sou involuntariamente causadora, que mesmo agora vive apenas pela minha vida: para minhas alegrias, para minhas tristezas, pelo meu coração. Mas se levarmos tão a peito as dores alheias e tivermos compaixão por tudo, haverá razão para sermos os mais infelizes entre os mortais! Hoje, quando veio me visitar depois do trabalho, levei um susto ao vê-lo. Estava tão pálido, tão decaído e tão desesperado – tudo porque temia confessar o seu fiasco, com medo de me entristecer, de me inquietar; mas vendo que quase ri, respirou aliviado. Makar Aleksieievitch, não se preocupe assim, não se desespere, seja razoável, peço-lhe, imploro-lhe! Verá que tudo se arranjará, que as coisas tomarão um rumo melhor. Não poderá viver com essa dor e essa mágoa pela infelicidade alheia. Até logo, meu amigo; e pelo amor de Deus não se preocupe comigo.

V. D.

*

5 DE AGOSTO

Minha pombinha Várienka:

Tudo bem, anjinho, tudo bem! Concluiu que não é nenhuma desgraça não ter conseguido o dinheiro. Está bem, fico mais tranquilo e alegre ao ver que não está abandonando este pobre velho, e que ficará onde está. Confesso-lhe que meu coração se encheu de alegria quando li as coisas bonitas que diz sobre mim e elogia os meus sentimentos. Não o digo por orgulho, mas porque vejo que gosta de mim de verdade, ao se preocupar com o meu coração. Tudo bem, mas não há que ficar falando do meu coração! O coração é à parte; mas você, filhinha, pede que eu deixe de ser tão desanimado. Sim, meu anjinho, tem razão, é possível que eu não deva ter essa pusilanimidade, mas veja, minha filha, por exemplo: com que botas irei amanhã para o trabalho? Essa é a questão, isso pode aniquilar um homem, simplesmente. Mas o importante, minha querida, é que não é por mim que me aflijo, não é por mim que sofro; para mim tanto faz sair por essas ruas frias sem capote e sem botas, eu suporto, não faz mal, pois sou um homem simples, insignificante... mas o que dirão as pessoas? O que dirão os meus inimigos e todas essas más-línguas, quando eu aparecer sem capote? Usamos capote só por causa deles e, certamente, é só por causa deles que usamos botas. Neste caso, minha filhinha, minha alma, as botas são necessárias para manter a honra e a boa reputação; mas com as botas furadas perdemos ambas as coisas – acredite, filhinha, acredite neste velho, acredite nos longos anos de experiência; preste atenção a esse velho que conhece o mundo, e não a uns escrevinhadores e garatujadores quaisquer.

Ainda não lhe contei detalhadamente, minha filha, como tudo isto de que falo aconteceu hoje, o que tive de aguentar. Tive que aguentar tanta coisa, minha alma teve que suportar numa só manhã as torturas que talvez um homem não sofra um ano inteiro. Ouça o que aconteceu: saí de casa muito cedo para poder encontrá-lo em casa e chegar a tempo no serviço. Como chovia, quanto barro pelas ruas! Bom, meu anjinho, enrolado no capote, saí andando e pensando com meus botões: "Meu Deus, Nosso Senhor, perdoai os meus pecados e fazei com que os meus desejos se realizem!"... Ao passar pela Igreja, me benzi, confessei todos os meus pecados, mas no mesmo instante me lembrei que não estava certo conversar com Deus, Nosso Senhor, desta forma. De sorte que me entreguei aos pensamentos e sem olhar para nada, saí andando, sem nem me fixar no caminho. As ruas estavam desertas e, quando encontrava um transeunte, este ia preocupado, pensativo... Até aí nada de estranho, porque quem iria sair de casa num tempo desses, numa hora dessas se não fosse necessário? Nisto cruzei com um grupo de operários bem sujos que me deram um empurrão. Nossa, como esses mujiques me assustaram! Para ser franco, já nem era capaz de pensar no dinheiro – fui seguindo ao léu. Junto à ponte Voskriessenski, a sola de uma bota descolou, de sorte que nem mais conseguia saber se estava calçado ou não. Exatamente ali cruzei com o nosso escrivão Ermolaev, que parou e me seguiu com os olhos, como se quisesse pedir algum para a vodca. Por Deus, irmãozinho, pensei, para a vodca, mas que vodca que nada! Estava terrivelmente cansado; parei para descansar um pouco e continuei me arrastando. Agora procurava qualquer coisa em que pudesse fixar o pensamento, algo que me distraísse, me animasse, mas não – não encontrava nada, e segui, tão cheio de barro que tinha vergonha de mim mesmo. Por fim, divisei, ao longe, uma casa amarela, de madeira, com um mezanino do gênero belvedere – é ali, pensei, tal como Emélian Ivanovitch me descreveu; é ali a casa de Markov. (Este Markov é o sujeito que empresta dinheiro a juros.) Naquele instante fiquei confuso, minha filhinha, que mesmo sabendo que era a casa de Markov, perguntei a um guarda de quem era realmente a casa. O guarda, um grosseirão, me respondeu com má vontade, como se estivesse zangado com alguém, e resmungou entre dentes: é a casa de Markov. Esses guardas são todos uns ignorantes... mas o que importa o guarda? Contudo, aquilo contribuiu para que eu tivesse uma má impressão, ou seja, tudo estava em concordância com a minha situação; aliás, sempre acontece assim. Passei três vezes diante da casa, e quanto mais a rondava, tanto pior me sentia: não, pensava eu, esse homem não vai me emprestar, não vai emprestar o dinheiro de forma alguma. Ele não me conhece, minha situação é séria, meu aspecto não é nada recomendável... Bom, pensava, seja o que Deus quiser; mas depois não lamente por ter vindo aqui, porque ninguém vai lhe matar por isso e, pelo menos tentaste – nisto abri devagarzinho a portinhola. Mas então aconteceu outra desgraça: nem bem havia entrado um cachorrinho estúpido pulou em cima de mim, latindo feito um louco. São coisas desse tipo, sem importância, que acabam por desconcertar, enfurecer uma pessoa, abalando num instante toda aquela firmeza com que nos armamos de antemão; com isso, entrei naquela casa mais morto do que vivo, e como ainda estava escuro, acabei tropeçando numa mulher que despejava leite de um tarro de ordenhar para um vasilhame e derramou todo o leite. Ela começou a gritar, a berrar, a praguejar perguntando se não via onde pisava, se estava cego, o que havia perdido ali, e outras coisas do gênero... Escrevo-lhe isto, minha filha, porque sempre me acontecem coisas assim, ou seja, esta é a minha sina, sempre tropeço em algo imprevisto, em qualquer coisa que atravessa o meu caminho. Por causa dos gritos da mulher, apareceu a dona da casa, uma velha bruxa, finlandesa e, imediatamente me virei para ela e perguntei: é aqui que mora o senhor Markov? Não, me respondeu com maus modos; depois ficou ali plantada, pensou, me olhou dos pés à cabeça. "O que quer com ele?" Expliquei-lhe tudo, tal e tal, Emélian Ivanovitch – enfim, e tudo o mais – venho tratar de negócios. Ao ouvir isto, a velha chamou a filha, que apareceu imediatamente, já uma mocinha, descalça. "Chama teu pai, está lá em cima com os inquilinos... Entre, faça o favor." Entrei numa sala... boa, com quadros nas paredes, retratos de uns generais... um sofá, uma mesa redonda, vasos com resedá e balsaminas – e penso: não deveria me retirar enquanto é tempo? Saio ou não? Juro, filhinha, adoraria sair dali! Pensei: será melhor voltar amanhã, pois amanhã o tempo estará melhor, ganho tempo... hoje já derramei o leite da mulher, e esses generais na parede me olham com raiva... E já me encaminhava para a porta, quando ele entra: um tipo vulgar, baixinho, cabelos grisalhos, uns olhinhos meio atravessados, enfiado num roupão ensebado com um cordão no lugar de cinta. Perguntou-me a que vinha, etc., e eu: isso e aquilo, o Emélian Ivanovitch ...quarenta rublos, pagarei assim...,etc. Mas não acabei de falar, vi em seus olhos que errei o bote. "Não – disse ele – nada disso, não tenho dinheiro. O senhor tem alguma garantia?" Comecei a lhe explicar que não, que não tinha nenhuma garantia, mas que Emélian Ivanovitch – expliquei tudo o que era para explicar. Ele me ouvia em silêncio e disse: não, que Emélian Ivanovitch que nada! Não tenho dinheiro. Está bem, pensei, eu já sabia, já pressentia. Sabe, Várienka, teria sido melhor que naquele momento a terra tivesse me engolido, senti os pés gelados, um calafrio corria pelas costas. Eu olhava para ele, ele olhava para mim e senti que ia dizer: vai embora, amigo, pois nada tem a fazer aqui. E olhou de uma maneira tal que, em outras circunstâncias, teria morrido de vergonha. Mas para que, diz ele, precisa desse dinheiro? (Veja a curiosidade dele, minha filhinha!) Só abri a boca para não ficar calado, mas ele nem sequer quis me ouvir: não, disse, não tenho dinheiro, senão emprestaria com prazer... Tentei convencê-lo, dizendo que não era muito, que pagaria religiosamente no prazo combinado, que até mesmo poderia pagar antes do prazo, que podia cobrar os juros que quisesse, que eu jurava que pagaria tudo. Naquele instante pensava em você, minha filhinha, em suas necessidades, em seus problemas. Não, disse ele, que juros que nada, se houvesse uma garantia, a coisa mudaria de figura! E não tenho dinheiro, continuou, Deus é testemunha, senão emprestaria com muito prazer – e o bandido até jurava!

Depois, minha filha, nem sei como saí de lá, como atravessei todo o Viborgskaia, como entrei na ponte Voskriessenski. Estava terrivelmente cansado, morto de frio, sem forças para nada, cheguei ao serviço já passava das dez. Queria limpar a roupa, tirar o barro, mas o guarda Snieguiriev disse que não, que não dava a escova, que ia estragá-la, pois, meu senhor, disse ele, a escova é propriedade do Estado. Para que você veja, minha filha, como me tratam, é assim que sou agora para essa gente: pior que um trapo velho, um capacho onde todos limpam os pés. O que me deprime, Várienka, não é o dinheiro, mas esses dissabores diários, esses cochichos, essas risadinhas, as zombarias. Até Sua Excelência pode, casualmente, se dirigir a mim... Ah, filhinha, meus anos dourados já passaram! Hoje reli todas as suas cartas, e a tristeza tomou conta de mim, minha filhinha! Até logo, pombinha, que Deus a proteja!

M. Dievuchkin

P.S. – Que infelicidade, Várienka, queria lhe contar isso tudo em tom engraçado, mas certamente não consigo achar esse tom. Queria mesmo distraí-la. Amanhã, minha filhinha, irei visitá-la sem falta.

*

11 DE AGOSTO

Varvara Aleksieievna, minha pombinha, minha filhinha! Estou perdido, estamos perdidos, os dois juntos, irreversivelmente perdidos! A minha reputação, meu amor-próprio – tudo perdido! É a minha ruína, é a sua ruína, minha filhinha! Sou eu o culpado da sua ruína, junto comigo, irremediavelmente! Sou perseguido, minha filha, desprezado, zombam de mim, e a senhoria me insulta, berra, grita, grita diante das pessoas, me deixa lá embaixo. Hoje à noite alguém começou a ler em voz alta, no quarto de Rataziaev, o rascunho de uma carta que eu tinha escrito para você, que deixara cair do bolso sem perceber. E como riram dessa carta, mãezinha! Que coisas disseram de nós, como riram esses traidores! Não pude me conter, parti para cima deles, acusei Rataziaev de deslealdade; disse que era um falso. Mas Rataziaev me respondeu que o falso era eu, porque não me dedicava a outra coisa que não às *conquêtes*[32]; você, disse ele, se escondeu de nós, é um Lovelace ; e agora todos me chamam de Lovelace[33], já não tenho outro nome. Está vendo, anjinho, está vendo! Eles agora sabem tudo, sabem de você, minha pombinha, sabem tudo sobre você. Até o Faldoni está do lado deles. Hoje pedi que fosse à salsicharia comprar alguma coisa e ele me disse, todo pimpão, que não podia, que tinha muito o que fazer. "Mas é tua obrigação" – disse-lhe. "Não, não é minha obrigação, respondeu, não tenho obrigação nenhuma, o senhor não

[32] Conquista (fr.); em destaque no original. (N. do T.)

[33] Lovelace é personagem do livro *Clarissa, ou a história de uma jovem*, do escritor inglês Samuel Richardson (1689-1761), publicado em 1748. Lovelace, nobre, educado e refinado, mas conhecido também por suas atitudes libertinas e por sua tendência e prazer de seduzir jovens e depois abandoná-las. É um Don Juan. (N. do T.)

paga o que deve a minha patroa, portanto não lhe devo obrigação". Não pude suportar o insulto daquele mujique[34] analfabeto e lhe chamei de besta; e ele: "besta é você". Achei que era grosseiro por estar embriagado; então disse: está embriagado, mujique besta! e ele: "Por acaso me serviu a bebida? Não tem nem como curar o próprio porre, anda pedindo um dinheirinho para uma dessas" – e ainda acrescentou: "Ora, e ainda tem a pachorra de dizer que é um cavalheiro!" Veja, filhinha, até onde chegamos. Sinto vergonha de viver, Várienka! Como se fosse um qualquer, um vagabundo sem documento. Que calamidade! Estou perdido, irremediavelmente perdido!

M.D.

*

13 DE AGOSTO

Querido Makar Aleksieievitch, a desgraça nos persegue, e já nem sei o que fazer! O que será de nós?, já nem posso contar com meu trabalho; hoje queimei a mão esquerda com o ferro de passar; deixei-o cair inadvertidamente, me machuquei e me queimei ao mesmo tempo. De modo que não posso trabalhar, e a Fedora há três dias está doente. Estou muito preocupada. Envio-lhe trinta copeques de prata, é o que temos, e sabe Deus como, neste momento, gostaria de poder ajudá-lo em suas necessidades. Tenho

[34] Denominação dada ao camponês russo antes de 1917. Indica um certo grau de pobreza, uma vez que a maioria dos mujiques era serva antes das reformas agrícolas de 1861. Aqui, evidentemente, o termo é usado de forma pejorativa. (N. do T)

vontade de chorar! Até logo, meu amigo! Seria para mim uma grande satisfação se nos visitasse hoje.

V. D.

*

14 DE AGOSTO

O que acontece com você, Makar Aleksieievitch? Não tem mesmo temor a Deus! Está me deixando louca. Não tem vergonha? É você mesmo quem corre atrás da própria perdição, pense em sua reputação! É um homem honrado, respeitável, digno – o que dirão quando souberem o que anda fazendo? Irá morrer de vergonha. Não respeita mais os seus cabelos brancos? Não tem temor a Deus? A Fedora diz que não vai ajudá-lo mais, e eu também não lhe darei mais dinheiro. O que tem feito de mim, Makar Aleksieievitch? Acha que eu não me incomodo com a sua péssima conduta, nem sabe o que tenho suportado por sua causa! Nem posso mais chegar à escada, pois todos me olham, me apontam com o dedo e dizem coisas horríveis; sim, dizem-me na lata que eu estou *metida com um bêbado.* Não sabe quanto me custa ouvir isso! E quando o trazem para casa, todos os inquilinos dizem com desprezo: vejam, dizem eles, trouxeram aquele funcionário carregado nos braços. Fico envergonhada! Juro que vou embora daqui. Ainda que tenha que trabalhar como arrumadeira, ou como lavadeira, mas aqui não fico. Escrevi-lhe dizendo que o esperava, mas você não apareceu. Parece que os meus pedidos e prantos nada significam para você, Makar

Aleksieievitch! Diga-me uma coisa: onde arranjou dinheiro? Pelo amor de Deus, tenha cuidado. Está afundando, afundando por quase nada! E que vergonha, que vergonha! Ontem sua senhoria não o deixou entrar, e passou a noite na escada: estou sabendo de tudo. Se soubesse como foi doloroso para mim ouvir essas coisas! Venha nos visitar, aqui sempre estará melhor: poderemos ler juntos, falar dos tempos idos. A Fedora contará coisas de sua vida, suas peregrinações pelos lugares santos. Meu querido, para o seu bem, não se destrua, nem destrua a minha vida também. Eu vivo somente para você; só por você é que continuo nesta casa. Mas o que faz? Seja uma pessoa decente, tenha firmeza, ainda que na desgraça; lembre-se que ser pobre não é pecado. Portanto não vale a pena se desesperar: tudo isto é passageiro! Se Deus quiser as coisas vão se ajeitar – mas contenha-se, não saia da raia. Mando-lhe vinte copeques, compre tabaco ou o que quiser, mas por Deus, não gaste com coisas ruins. Venha nos ver, venha sem falta. Pode ser que tenha vergonha de vir, como antes, mas isso é besteira, uma falsa vergonha. Só precisa se arrepender sinceramente. Tenha confiança em Deus, Ele fará com que tudo melhore.

V. D.

*

19 DE AGOSTO

Varvara Aleksiéievna, minha pombinha, minha luz, estou envergonhado, muito envergonhado. No mais, o que há de especial nisto? Por que não poderia alegrar um pouco o meu coração? Já nem penso na sola de minhas botas. Uma sola não quer dizer nada, nunca deixará de ser uma simples sola, vulgar e suja! Tão pouco as botas me interessam. Os sábios gregos muitas vezes andavam descalços; por que temos de nos preocupar com uma coisa tão sem importância? Por que então deveria me ofender e me desprezar? Ah, filhinha, não encontrou algo melhor para me escrever? Diga a Fedora que ela é uma maluca, que tem a cabeça nas nuvens e, ainda por cima, estúpida, incrivelmente estúpida! Quanto aos meus cabelos brancos, também está equivocada, porque não sou nenhum velho como pensa. O Emélia lhe manda lembranças. Diz em sua carta que quis chorar e ficou amargurada, pois lhe digo o mesmo, que choro e fico amargurado. Para terminar, desejo-lhe saúde e prosperidade, e eu continuo, meu anjinho, sempre seu amigo

Makar Dievuchkin

*

21 DE AGOSTO

Prezada senhora e querida amiga Varvara Aleksieievna:

Sinto-me culpado, sinto que você tem que me perdoar pelo que aprontei com você, mas em minha opinião, não há nenhuma vantagem nisso, filhinha, no fato de eu me sentir assim, culpado, fale o que quiser. Tudo isso eu já sentia antes de desandar, mas deixei de lado, desanimei, sem me afastar do sentimento de culpa. Mas filha, minha filhinha, não sou mau nem tenho um coração de pedra, ao ponto de despedaçar o seu, minha pombinha, pois para isso precisaria ser um tigre sedento de sangue; o meu coração é de um cordeirinho e, como bem sabe, não tenho inclinação para a ferocidade; portanto, meu anjinho, a rigor, não sou plenamente culpado pelo meu erro, da mesma forma que o meu coração e os meus pensamentos não são culpados... sendo assim, nem sei ao certo de quem é a culpa. É algo tão obscuro, filhinha! Mandou-me trinta copeques de prata, e depois, mais vinte; meu coração ficou apertado quando vi aquele dinheiro da minha orfãzinha. Você queimou a mãozinha, não demora e começará a sentir as pontadas da fome, mas me escreve dizendo que compre tabaco. Diga-me, como deveria proceder? Sem qualquer remorso roubar a orfãzinha, como se fosse um bandido? Foi quando perdi o ânimo, filhinha, quer dizer, no começo, sentindo que não valia nada e que apenas era um pouquinho melhor que minhas solas, achei indecoroso me considerar qualquer coisa de significativo; pelo contrário, passei a me achar indigno, inconveniente e, até certo ponto vulgar. Ora, nem bem havia perdido o respeito por mim próprio, mal negara minhas boas qualidades e minha dignidade de homem, aconteceu a queda, tudo foi por água abaixo! Mas eu não tenho culpa disso, foi o destino que determinou. Primeiramente, saí de casa para tomar um pouco de ar fresco. Mas aí as coisas foram se sucedendo: o dia estava choroso, o tempo frio, chuvoso, aí encontrei o Emélia. Ele, Várienka, já havia penhorado tudo o que tinha, e quando o encontrei havia dois dias que não botava nada na boca, tanto que estava disposto a penhorar aquilo que não se pode penhorar de maneira alguma, porque não existem penhores desse tipo. Pois bem, Várienka, acompanhei-o mais por compaixão humana do que por vontade própria. E assim caímos neste pecado, filhinha. Choramos muito os dois. Falamos de você, Várienka. Ele tem um bom coração, é bondoso e sensível. Eu mesmo, minha filha, sinto tudo isso, e é por acontecer também comigo a mesma coisa que sinto tudo tão vivamente. Eu sei, filhinha, até que ponto sou seu devedor. Ao conhecê-la, comecei a compreender o que sou, comecei a amá-la, porque antes, meu anjinho, eu vivia só, levava uma vida obscura, mais dormia do que vivia. Os meus inimigos diziam que meu aspecto era indecoroso, envergonhavam-se de andar ao meu lado; acabei concluindo que era mesmo desprezível; diziam que eu era um imbecil, e eu mesmo me achava um imbecil; mas quando você surgiu a minha vida se iluminou, tanto meu coração como minha alma encheram-se de luz, pude então ter paz de espírito e compreender que não era inferior aos demais; que apenas não era brilhante, que carecia de polimento, de bom tom, mas ainda assim sou um ser humano, pelo coração e pelos pensamentos. Agora, ao me dar conta de que sou perseguido pelo infortúnio, que, humilhado pelo destino, me entreguei à negação de minha própria dignidade e, com o peso de minhas amarguras, desanimei. Agora, filhinha, já sabe de tudo, peço-lhe com lágrimas nos olhos que não me pergunte mais nada sobre este caso, porque o meu coração se dilacera e sinto uma grande amargura e peso em minha alma.

Apresento-lhe os meus respeitos, filhinha, e sigo seu fiel amigo.

Makar Dievuchkin

*

Deixei sua última carta por acabar, Makar Aleksieievitch, porque para mim estava ficando penoso escrever. Há momentos em que gosto de ficar sozinha, de entregar-me à tristeza, de sentir saudades sozinha, e esses momentos estão ficando cada vez mais frequentes. Perdura em minhas lembranças algo misterioso, inexplicável, que me domina com tamanho rigor que fico horas seguidas insensível a tudo o que acontece à minha volta e me distancio de toda a realidade. Sim, não há na minha vida atual qualquer sensação, seja agradável ou penosa e triste, que não me recorde do meu passado, sobretudo da minha infância, da minha infância dourada! Mas depois desses momentos uma melancolia indizível me invade. Sinto-me totalmente sem forças, minha saúde ressente-se e piora.

Mas hoje, a manhã fresca, luminosa e clara, tão rara nos outonos, encheu-me de alegria, animou-me. Já é outono. Ah, como eu gostava do outono no campo! Era uma criança, mas já sentia e percebia tudo com intensidade. Recordo-me ainda de que, a dois passos da nossa casa, não mais, ao pé da montanha, havia um lago. Esse lago – parece que estou vendo – era bem largo, límpido, claro como o cristal. Havia dias, quando a tarde era calma, era tudo tão sossegado que sequer balançava uma folha das árvores da margem e a água parecia um espelho. Frio, fresco! O orvalho se formava no ervaçal, nas isbás[35] acendiam-se as luzes, os pastores recolhiam o rebanho – era quando eu fugia, secretamente, de casa, para ver o meu lago e não cansava de contemplá-lo, esquecia de tudo, até de mim mesma. O

[35] Isbá: casa rural peculiar a vários povos do norte da Europa e da Ásia. (N. do T.)

graveto ardia na fogueira dos pescadores junto à margem, e a luz escorria na água até bem longe. O céu era frio, azul pálido, e no horizonte estendiam-se faixas vermelhas de fogo, que pouco a pouco iam se tornando cada vez mais pálidas; a lua despontava, o ar era diáfano; um pássaro levantava voo assustado, os juncos tremiam sob a brisa leve; um peixe se agitava na água – o menor rumor percebia-se. Sobre a água azul elevava-se uma neblina branca, leve, transparente. Ao longe escurecia, e a névoa engolia tudo; mas, perto, tudo era nítido: o barco, a margem, as ilhas; um tonel esquecido na água balançava docemente junto à margem; um ramo de salgueiro com as folhas ressequidas caía entre os juncos; uma gaivota tardia mergulhava na água, mas logo levantava voo e desaparecia na névoa Eu olhava e escutava tudo aquilo, que maravilha! E era pequenina, uma criança!...

Gostava muito do outono, sobretudo do outono tardio, quando o trigo já fora colhido, findos os trabalhos, e os lavradores se recolhiam em suas isbás e se preparavam para esperar o inverno. Então os dias se tornavam mais escuros, o céu se cobria de nuvens, os bosques amarelavam, as folhas cobriam o chão da floresta nua, que se tornava azul e negra – sobretudo ao cair da tarde, quando descia uma bruma úmida e as árvores pareciam gigantes fantásticos, espectros monstruosos, assustadores. E quando me distraía nos meus passeios, me perdia, ficava atrás dos demais e tinha que me apressar para alcançá-los, que medo! Tremia como uma folha, pensava: quem sabe se atrás daquele tronco de árvore vai aparecer alguém, algum monstro! E o vento passava pelo bosque, rugia, assovia, uivava, as folhas voavam pelos ares rodopiavam, e a seguir, num bando imenso e com gritos selvagens e estridentes, passavam as aves, tantas que escureciam o céu; e eu apavorada, pensava ouvir vozes estranhas sussurrando: "Corre, minha filha, corre, não te demores mais um minuto, pois tudo vai ficar medonho, corre minha filha!", e corria, corria tanto que chegava em casa ofegante; mas em casa encontrávamos a vida, a alegria; davam-nos pequenas ocupações: descascar ervilhas ou debulhar os grãos da papoula. A lenha úmida espocava no fogão; minha mãezinha olhava, rindo, para o nosso divertido trabalho; a velha ama Uliana nos contava histórias assombrosas de bruxos e mortos, coisas do tempo antigo. E nós, as crianças, nos apertávamos umas contra as outras e sorríamos assustadas. Subitamente calávamos: psiu, parece que estão batendo à porta! Não, não era ninguém, mas a roca de fiar da velha Frolovna; precisava ver como nos ríamos! Mas a noite chegava e o medo não nos deixava dormir, tínhamos sonhos terríveis, pesadelos. Às vezes acordava, mas não me mexia, tremendo debaixo do cobertor até que a aurora despontasse. Mas de manhã acordava alegre. Olhava pela janela, o frio imperava; na relva reluzia uma argêntea geada outonal; o lago se cobria de gelo fino e cristalino; os passarinhos gorjeavam alegres. E o sol iluminava tudo ao redor, rompendo com seus raios brilhantes o fino gelo que parecia vidro. Que brilho, que luz, que maravilha! No fogão novamente crepitava o fogo; nos sentávamos em volta do samovar e de fora, através da janela, olhava para nós o nosso Polkan, um cão negro que, apesar do frio que suportava de noite, abanava a cauda adulador, nos cumprimentando. Um mujique passava diante da casa com seu cavalinho em direção ao bosque, em busca de lenha. Todos pareciam satisfeitos e de bom humor... Ah, como era dourada a minha infância!...

Pronto, começo a chorar como uma criança por causa destas minhas lembranças. Lembrei-me de tudo tão claramente, revivi de tal modo o passado que o presente se mostra tão sombrio, tão turvo... Como acabará tudo isso, o que será de nós? Sabe, tenho o pressentimento de que vou morrer neste outono. Estou doente, muito doente. Penso muitas vezes na morte, mas não queria morrer assim – ficar nesta terra. Creio que vou ficar acamada, como na primavera, pois ainda não me refiz inteiramente. Sinto-me mesmo muito mal. A Fedora ficou fora hoje todo o dia, estou sozinha. Já faz algum tempo que temo ficar só; tenho a sensação de que alguém está comigo no quarto, falando comigo, sobretudo me afundo nos pensamentos; e de súbito dou por mim e fico apavorada. É por isso que lhe escrevo esta carta longa, porque quando escrevo esqueço de tudo. Até logo, fico por aqui que acabou o papel e falta-me tempo. Do dinheiro que recebi pelos vestidos e pelo chapéu resta-me somente um rublo de prata. Você fez muito bem em pagar dois rublos de prata à senhoria; com isso ela ficará calada por um tempo.

Procure uma maneira de cuidar da sua roupa. Até breve, estou cansada. Não compreendo porque estou tão fraca, o menor esforço extenua-me. Caso apareça algum trabalho, como darei conta? Isso é o que me desanima.

V. D.

*

Minha pombinha Várienka:

Hoje, meu anjinho, minhas impressões foram muitas. Primeiro, durante todo dia a cabeça doeu-me. E para ver se passava a enxaqueca, decidi sair à rua, refrescar-me ao longo do Fontanka. A tarde estava nublada e úmida. Por volta das seis já escurece, natural nessa época do ano. Não chovia, mas o céu estava coberto de nuvens, o que é ainda mais desagradável do que quando a chuva é forte. As nuvens corriam pelo céu em largas e compridas faixas. Havia muita gente na marginal, e os rostos que via eram espantados, tristonhos: mujiques embriagados, finlandesas de narizes arrebitados com botas e sem lenço, os cabelos despenteados; operários, artesãos e cocheiros, funcionários como eu; rapazes, um aprendiz de serralheiro qualquer de bata listrada, magro, cansado, rosto manchado de óleo queimado e cadeados na mão; um soldado da reserva de estatura colossal – era este o público. Certamente a essa hora nem poderia haver outro tipo de gente. O Fontanka é um canal navegável! São tantas as barcas que não se explica como cabem. Nas pontes as mulheres estão sentadas, com alfajores molhados e maçãs podres, sujas. É um tédio passear ao longo do Fontanka! O granito úmido, os prédios altos e escuros, cheios de fuligem; por baixo dos pés a névoa; acima da cabeça a névoa. Como era triste e escura a tarde de hoje!

Ao desembocar na rua próxima, a Gorokhovaia, já era totalmente noite, começavam a acender os lampiões de gás. Fazia muito tempo que não passava pela Gorokhovaia, e oxalá não tivesse feito hoje. Que rua barulhenta! Que comércio, quantas vitrinas! Tudo muito iluminado, tudo brilhante, tecidos, roupas de sedas, flores atrás dos cristais, e chapéus com fitas e laços! A impressão é que tudo aquilo está ali para enfeitar a rua, mas não, há homens que compram aquelas coisas para presentear suas mulheres. Sim, uma bela rua! Vivem na Gorokhovaia muitos padeiros alemães, que deve ser gente muito abastada. E quantos coches passam constantemente por ali! Como o calçamento pode resistir a tudo isso! As carruagens são lindas, luxuosas, janelinhas espelhadas, e por dentro é tudo veludo e seda, os cocheiros e lacaios garbosos, usam dragonas e espadas. Eu olhava para dentro dos coches e via senhoras sentadas, muito bem vestidas, que bem poderiam ser princesas e condessas. Talvez fosse a hora de irem para os bailes, restaurantes e saraus. Deve ser uma sensação estranha essa de um dia na vida ter a oportunidade de ver uma senhora dessas, principalmente uma grande dama. Sim, deve ser uma coisa muito agradável. Eu nunca vi nenhuma de perto, apenas assim, como hoje, quando passam nos seus coches. Lembrei-me logo de você. Ah, minha pombinha, meu anjinho! Por que é tão desditada, Várienka? Em que é pior do que elas? Não, você é boa, bonita, culta; por que tal destino? Por que uma pessoa boa assim tem que viver em desgraça, enquanto a felicidade cai nos braços de outra? Eu sei, eu sei, filhinha, não é bom pensarmos desta forma, que isso se chama livre-pensamento; mas, com franqueza, quando refletimos sobre a justiça das coisas... porque é que o destino, para alguns, é ser feliz ainda no ventre materno, enquanto outros chegam direto do asilo para esse mundo de meu Deus? Mas pode acontecer muitas vezes que a sorte bata às portas de um Ivanuscka[36] bobinho. Você, Ivanuscka bobinho, diz o destino, ponha a mão no baú da fortuna dos teus avós, coma, beba, divirta-se, mas você, você, seu joão-ninguém, lamba os beiços – não serves para outra coisa, meu caro! É pecado, filhinha, é pecado pensar desta forma, mas o pecado entra em nossa alma sem que queiramos. Mas meu anjinho também poderia andar num coche desses. Aí, generais, e não funcionários como nós, disputariam o seu olhar benévolo; a pombinha não estaria com um vestidinho já bem batido de algodão, mas andaria vestida de seda e pedras preciosas. Não seria tão magrinha e doente como agora, mas pareceria uma boneca roliça, de faces coradas, fresquinha, doce como o açúcar. E eu ficaria feliz se pudesse olhar da rua para as janelas iluminadas de sua casa e notasse a sua sombra; só de imaginar meu passarinho encantador assim, feliz e satisfeita, também ficaria imensamente feliz. Mas e agora? Não bastasse que uma gente má lhe tenha arruinado a vida, qualquer palhaço pode ofendê-la. Porque sua casaca é de corte elegante, porque o lornhão com que o impertinente a observa é de ouro, lhe é permitido fazer o que bem entende, e você é obrigada a escutar com paciência suas palavras indecentes. Onde está a justiça? Por que há de ser assim? Porque é órfã, é indefesa, não tem nenhum amigo poderoso capaz de ampará-la, de protegê-la. Mas que tipo de homem é este, que gente é esta a quem não custa nada insultar uma órfã? Não são homens, são lixo, simplesmente lixo; gentalha desprezível que não vale nada; são apenas consideradas pessoas, mas não o são, não valem nada, tenho certeza disso. Assim é essa gente!

[36] Diminutivo de Ivan, usado aqui em tom pejorativo: ardiloso. (N.do T.)

Para mim, filhinha, o tocador de realejo que vi esta tarde na Gorokhovaia, é mais digno de estima, merece mais respeito do que essa canalha. Embora ele se arraste o dia inteiro, penosamente em busca de uns quantos miseráveis copeques com que possa comer algo é, no fundo, senhor de si, ganha para sobreviver. Não pede esmola, toca para distrair as pessoas, e toca que toca, como uma máquina – eis-me aqui trabalhando naquilo que possa lhes dar prazer. É pobre, vive na miséria como um mendigo, vai continuar assim, mas é um pobre honrado; está cansado e com frio, mas trabalha, à sua maneira, mas trabalha. E assim, minha filha, há muitas pessoas honradas que ganham muito pouco em relação ao tipo de trabalho que fazem, mas não vivem baixando a cabeça para ninguém, não pedem um pedaço de pão a ninguém por caridade. Eu sou como esse tocador de realejo, quer dizer, não num sentido figurado, sou exatamente igual a ele, trabalho como ele, na medida de minhas forças, faço o que posso. Não posso fazer mais, e se não posso, paciência.

Estendi-me para falar deste tocador de realejo, filhinha, porque em função desse encontro, senti minha pobreza duplicada. Parara para ouvir o tocador de realejo. Eu andava com uns pensamentos estranhos na cabeça, então parei ali, meio abobalhado, para afugentar aquelas ideias. Além de mim estavam alguns cocheiros, uma mocinha, uma garotinha bem suja. O tocador de realejo ajeitou-se debaixo da janela de alguém. E, entre as pessoas, vi também um menino, um garoto de uns dez anos, que seria bonito se não fosse o aspecto doentio, a fragilidade, com uma camisinha e um trapo qualquer, descalço, parado para ouvir, de boca aberta, a música. Os meninos são sempre meninos! Sua atenção está concentrada nos bonecos dançarinos do alemão; e já deve ter as mãos e os pés congelados, o corpo inteiro tirita e mastiga uma pontinha da manga. Observo que o garotinho tem na mão um papelzinho. Passou um senhor, atirou ao tocador de realejo uma moeda; a moeda foi cair justamente na caixa onde o boneco francês dançava com as senhoras. Apenas ouviu o tilintar da moeda, o garotinho olhou com timidez ao seu redor e, pelo visto imaginou que tinha sido eu quem jogara a moeda. Correu para o meu lado com as mãozinhas trêmulas, a vozinha trêmula, estendeu-me o papelzinho e disse: o bilhete! Desdobrei o papelzinho, e o que já era de se imaginar estava escrito: meus benfeitores, uma mãe de três filhos está morrendo, as crianças passam fome, tenham piedade de nós, que eu, quando estiver diante do trono de Deus, não os esquecerei, porque não se esqueceram dos meus pobres filhinhos. Não há o que discutir, é uma situação clara, corriqueira, mas o que eu posso fazer, o que poderia lhe dar? Não lhe dei nada. Mas quanta pena! Aquele pobre menino pálido, azulado de frio, talvez famélico, não parece mentir, sei que não mente, pois conheço bem essas coisas. O pior de tudo é que essas mães desnaturadas não cuidam dos filhos e os mandam para as ruas geladas, seminus, para pedir com aqueles bilhetinhos. É possível que sua mãe seja uma estúpida, que não consegue dar conta do seu dever de mãe; ou talvez não tenha ninguém que se preocupe com ela, por isso fica sentadinha em sua casa, sem fazer nada; mas também pode ser que seja verdade que esteja doente. Mas se é assim, deveria procurar as autoridades, se dirigir a quem de direito; mas também pode ser uma vigarista que propositalmente mande uma criança faminta e doente para enganar as pessoas, e deixa que adoeça e morra. O que uma criança dessas aprende na rua com esse bilhetinho na mão? O seu coração acaba endurecido: de manhã à noite não faz outra coisa, é pará lá, para cá, e pede, e corre, mas os transeuntes sequer reparam na pessoinha. Essa gente tem coração de pedra e suas palavras são cruéis. "Vai, some daqui, malandro!", é o que ele escuta, e fica com o coração insensível, e tirita de frio, um filhote desgarrado do ninho. Tem as mãos e os pés gelados, logo aparece uma tosse persistente; logo a doença, qual verme imundo, invadirá seu peito, a morte pairará sobre sua cabeça, e ele, pobre menino, quem sabe, será jogado numa lixeira fétida, sem qualquer assistência – assim terminará sua vida. Sim, há vidas que são assim. Ah, Várienka, é doloroso ouvir um "pelo amor de Deus", não poder dar nada e ter que dizer: "Deus lhe ajude". Verdade que há uns "pelo amor de Deus" não tão dolorosos (porque há muitos tipos de "pelo amor de Deus"). Há um "pelo amor de Deus" rotineiro, arrastado, cadenciado, do verdadeiro mendigo, que não é tão doloroso dizer não, pois se trata de um mendigo de profissão, habituado – penso eu –, que não se incomoda, que aguenta. Mas há um "pelo amor de Deus" que é inexperiente, um "por amor de Deus" áspero, assustador, que produz até um calafrio na espinha – como aconteceu hoje, quando peguei no papelzinho do garoto e, junto a mim, havia um homem que não pedia a todo mundo, mas que se dirigiu a mim: "Uma esmolinha, meu senhor, pelo amor de Deus!", com uma voz tão rude que estremeci, tomado pelo espanto. Não lhe dei esmola, pois não tinha um copeque. Sabe, também os ricos não querem ouvir os pobres se queixando de sua desgraça: incomoda, importuna. A pobreza sempre incomoda, é provável que o queixume dos famintos não lhes deixe dormir!

Digo-lhe com sinceridade, minha querida, que me danei a escrever tudo isso para, em parte, desafogar o coração, mas também para lhe mostrar como anda bom o estilo das minhas redações. Pois, certamente, você deve ter notado que nos últimos tempos fui formando o meu estilo de modo considerável. Mas no momento o que me domina é uma angústia tal que comecei a ter compaixão dos meus próprios pensamentos, ainda que esteja farto de saber, filhinha, que esta compaixão de nada serve, mesmo assim é uma forma de fazer justiça a nós mesmos. É verdade, minha querida, que muitas vezes humilhamos a nós próprios sem nenhuma razão, nos consideramos como se não valêssemos um copeque, pior que um cão, um cisco qualquer. Mas isso talvez se deva, metaforicamente falando, ao fato de nos intimidarmos e nos embrutecermos, exatamente como aquele garoto pobrezinho que hoje me pediu esmola. Agora vou lhe falar, digamos, metaforicamente; escute: às vezes me acontece, quando saio cedo para o trabalho, de contemplar a cidade, vendo como a cidade acorda, como pouco a pouco se levanta, fumega, bole, lateja – outras vezes esqueço de mim mesmo e, diante de tal espetáculo, me sinto pequenino e insignificante, mas como se tivesse levado um safanão no nariz, faço um gesto qualquer e sigo pela rua de cabeça baixa. Agora veja o que acontece no interior desses grandes e fuliginosos prédios, desses grandes prédios de aluguel, tente imaginar, porque então perceberá se foi justo me rebaixar, aceitar essa coisa indigna. Não esqueça, Várienka, que falo em sentido figurado e não direto. Mas vejamos o que acontece no interior desses prédios. Ali, num canto mofado e úmido que, por miséria, chamam de casa, um artesão qualquer acaba de acordar; imaginemos que durante toda a noite ele sonhou com as botas que no dia anterior, por descuido, cortou errado – como se tais porcarias devessem aparecer nos sonhos de uma pessoa. Bem, mas ele é um artesão, um sapateiro, o que justifica que pense constantemente em seu trabalho. Esse tal sapateiro tem uma esposa famélica e filhos pequeninos que choram, afinal, filhinha, não são apenas os sapateiros que acordam assim de manhã. Isto não tem importância nenhuma, nem valeria a pena escrever sobre isso, entretanto, minha filha, veja como há algo de notável: no mesmo prédio, só que num andar acima ou abaixo, em salas luxuosíssimas, um rico cavalheiro talvez tenha sonhado nessa mesma noite com as mesmas botas, mas certamente umas botas de outro tipo, de modelo mais elegante, mas enfim, botas; porque no sentido que aqui imagino, todos nós somos um pouco sapateiros. Também isto não teria importância, nada de especial, mas o mal é que não haja, junto a esse ricaço, ninguém que lhe sussurre ao ouvido: "Chega, deixa de pensar nisso, de pensar só em você, de viver só para si, que não és um sapateiro, os teus filhos estão em perfeita saúde e a tua mulher não se queixa de fome; olhe em sua volta, e veja se encontra algo mais nobre do que suas botas para se preocupar." Veja, Várienka, era isso que eu, alegoricamente, queria lhe dizer. Talvez seja um pensamento avançado, avançado até demais, minha filha, mas como ele às vezes me ocorre, involuntariamente escapa-me do coração em palavras intensas. Por isto não fazia sentido atribuir-me o valor de um tostão furado, ao assustar-me com o estrondo e o burburinho da cidade.

Concluindo, minha filha, você talvez acha que estou aqui com mentiras, ou que estou deprimido, ou que copiei isto de algum livro? Não, filhinha, não pense assim – não é nada disso: detesto a mentira, não estou deprimido e nem copiei isto de livro nenhum – tenho dito!

Voltei para casa muito triste, esquentei a chaleira, sentei-me à mesa e me preparei para tomar uma xícara de chá. Mas de repente, entra em meu quarto o Gorchkov, nosso inquilino pobre. Já pela manhã tinha notado que ele andava pelo corredor a espiar as portas dos outros quartos, e parecia que tinha intenções de dirigir-se a mim. Diga-se de passagem, minha filha, sua situação é pior, muito pior que a minha. Não é possível estabelecer comparação! Tem mulher e filho! Nem sei o que faria no lugar dele. Pois, como ia dizendo, Gorchkov entrou em meu quarto, me cumprimentando, uma lágrima purulenta, arrasta os pés, mas sem articular palavra alguma. Pedi que sentasse numa cadeira, por sinal quebrada, pois é a única que tenho. Ofereci-lhe chá. Ele pediu desculpa (não parava de pedir desculpa), e acabou por aceitar o copo de chá. Já se preparava para tomar o chá sem açúcar e voltou a pedir desculpa quando quis convencê-lo de que devia pôr açúcar no chá; falou, falou, recusou, mas findou colocando um cubinho no copo, embora salientasse que o chá estava muito doce. Veja, Várienka, até onde a miséria pode conduzir um homem! "Diga, o que há de novo, paizinho?" perguntei-lhe. "Tal e qual, meu protetor, Makar Aleksieievitch, tenha piedade de nós, ampare esta família desgraçada.. meus filhos, minha mulher... nada temos para comer, e eu, como pai que sou... ponha-se no meu lugar, compreenda o que sinto!" Eu quis dizer alguma coisa, mas ele interrompeu-me: "Aqui tenho medo de todos, Makar Alekseievitch, quer dizer, não é exatamente medo, mas vergonha; são todos tão orgulhosos e arrogantes! Eu nem lhe incomodaria, paizinho, se não fosse... sei que tem seus problemas; sei que não tem muita coisa, mas talvez possa, pelo menos, me emprestar alguma coisa; atrevo-me a pedir-lhe porque sei que tem um bom coração, sei que também sabe o que é necessidade, que agora mesmo passa privações, e por isso é capaz de sentir compaixão." E, por fim, pediu que o perdoasse por seu atrevimento e pouca vergonha. Respondi-lhe que teria prazer em ajudá-lo, mas que não tinha nada para oferecer-lhe, absolutamente nada. "Paizinho Makar Aleksieievitch – disse ele –, não peço muito – mas (e ficou ruborizado), mas é que minha mulher, meus filhos, fome, dez copeques somente." O que poderia dizer-lhe, Várienka? Senti um aperto grande no coração ao ouvir aquele pedido de dez copeques. Imaginei que estava muito pior do que eu. Eu tinha apenas vinte copeques, mas contava com eles para as minhas necessidades mais urgentes. Respondi-lhe que não podia, expliquei-lhe a situação. "Dez copeques, dez copeques e nada mais, paizinho, senão morremos de fome, Makar Aleksieievitch!" Então tirei da gaveta os meus últimos vinte copeques e entreguei-lhe, filhinha, resmungando para mim mesmo, que era uma boa ação e pronto. Ah, a miséria! Depois conversamos; perguntei-lhe como havia chegado a tal situação, e como é que, em sua penúria, pôde alugar um quarto de cinco rublos de prata. Então explicou-me que alugara o quarto seis meses antes e tinha pago três adiantados; mas que, depois, as coisas começaram a piorar, que ficou enrolado, coitado. Aguardava o desenlace de seu processo, mas que era uma coisa complicada. Ele tem um processo, Várienka. Está implicado nas irregularidades cometidas por um certo comerciante numa empreitada pública; essas irregularidades foram descobertas, o comerciante foi levado à justiça, mas ele procurou envolver também o Gorchkov, que tinha determinada ligação com isso. Na verdade ele foi acusado de negligência, por não ter inspecionado bem o negócio, sendo desatento para com o bem público. Seja como for, o caso já tramita há vários anos, vez por outra aparece um fato novo, aí vêm os adiamentos, portanto não se consegue reconhecer a inocência de Gorchkov. "Mas não tenho culpa da desonra que me atribuem – disse ele – não sou culpado de irregularidades nem de roubo." O fato é que sua reputação foi maculada; demitiram-lhe do serviço e, ainda que não tenham atestado concretamente sua culpabilidade, não pode receber uma quantia nada desprezível que o comerciante tem de lhe pagar, e é exatamente aí onde está a questão. Acredito no que ele diz, mas o tribunal pensa de outro modo; é um caso tão enrolado que nem daqui a cem anos vão desenrolar. E quando a coisa começa a se desenrolar, lá vem o comerciante com uma nova evidência, apertando o nó, e outra vez a coisa muda de figura. Eu, filha, do fundo do coração, morro de pena da desgraça de Gorchkov. Um homem sem emprego, não é aceito em lugar nenhum, pois não há quem confie nele; o que guardou já gastou, e para piorar as coisas, nasceu-lhes mais um filho, o que significa mais despesas; o filho mais velho adoeceu, mais despesas; depois morreu, mais despesas; a mulher está doente; ele próprio tem uma doença crônica; numa palavra: é só tristeza, muita tristeza. Ele diz, ainda, que espera para poucos dias uma decisão favorável para o seu caso, disto não tem dúvida. Sim muita pena, muita pena, minha filhinha. E porque é um homem atrapalhado, confuso, procurou apoio junto a mim, fui carinhoso para com ele. Até breve, minha filha, fique com Deus, e torço para que esteja bem de saúde. Minha pombinha! Quando penso em você é como se um bálsamo vertesse sobre minha alma dolorida, e, mesmo sofrendo por você, esse sofrer se torna para mim um prazer.

Seu sincero amigo
Makar Dievuchkin

*

9 DE SETEMBRO

Minha queridinha Varvara Aleksieievna:

Escrevo-lhe completamente emocionado, abalado por um terrível acontecimento. A minha cabeça gira, sinto que tudo gira ao meu redor. Ah, minha criança, não imagina o que vou lhe contar agora. É algo que nunca pressentimos. Ou não creio que não o tenha pressentido, porque pressentia tudo isso. Meu coração adivinhava que isso aconteceria. Há dias sonhei com algo parecido.

Aconteceu o seguinte: vou lhe contar sem me preocupar com estilo, com simplicidade, tal como Deus me puser na alma. Pois bem, fui hoje ao trabalho. Chego, sento-me, ponho-me a escrever. Saiba, filhinha, que ontem fiz o mesmo. Ontem, aproxima-se de mim Timofei Ivanovitch, entrega-me um documento e diz-me que é importante e urgente. Prepare-me uma cópia disto, Makar Aleksieievitch, mas faça um trabalho rápido, cuidadoso e limpo, pois Sua Excelência vai assiná-lo ainda hoje. Veja, meu anjo, que ontem, eu não estava nada bem, parecia uma alma penada, não tinha vontade de olhar para coisa alguma, sentia amargura e tristeza; frio no coração, trevas na alma; no pensamento, apenas você, minha pombinha. Então comecei a escrever cuidadosamente; uma cópia limpa, boa letra, mas verdadeiramente não sei como lhe explicar isso com exatidão: terá sido o próprio Demônio que me pregou uma peça, ou uma força misteriosa do destino, ou simplesmente algo que tinha que acontecer, mas o certo é que ao copiar saltei uma linha inteira; sabe-se lá o resultado disso, talvez uma coisa absurda, sem sentido algum. Como ontem acabaram se atrasando com o papel, somente hoje o entregaram a Sua Excelência para assinar. Hoje, como de costume, chego ao serviço à hora de sempre e sento-me ao lado de Emélian Ivanovitch. Devo dizer, minha filha, que minha vergonha aumentou o dobro, tanto que nestes últimos tempos nem tenho coragem de olhar para as pessoas. Pois bem, mal ouvia ranger a cadeira de algum colega ficava mais morto do que vivo. Hoje eu estava assim, com esse ânimo, encolhidinho, quietinho em meu canto, quando de repente Efim Akimovitch (o ser mais implicante da face da terra) disse para que todos ouvissem: por que o Makar Aleksieievitch está assim desse jeito, parecendo um... u-u-u-? e fez uma careta tal que todos os presentes caíram na risada, à minha custa, claro. E começou o burburinho. Eu tapei os ouvidos e fechei os olhos, sem fazer o menor movimento. É assim que fico quando começam com essas brincadeiras, e eles me deixam em paz. De repente, ouço vozes alteradas, passos apressados, correria, barulho, não acredito no que escuto: eles me chamam, chamam pelo meu nome, chamam o Dievuchkin. O coração bateu forte, nem sei por que me apavorei tanto, sei apenas que nunca havia sentido tanto medo em toda minha vida. Fiquei sentado como se estivesse grudado na cadeira, sem me mexer, fazendo de conta que não era comigo, que eu não estava ali. Mas os gritos estavam cada vez mais perto: Dievuchkin, estão lhe chamando! Onde anda o Dievuchkin? Abro os olhos e diante de mim está Evstafi Ivanovitch, que me diz: Makar Aleksieievitch, Sua Excelência o chama, agora, imediatamente! O senhor fez uma grande besteira com aquele documento! Isso foi tudo o que ele disse, mas era o bastante, não é verdade, filhinha, não era o suficiente? Fiquei rígido, como morto – mais morto do que vivo. Conduziram-me através de uma sala, depois outra e mais outra, até chegar ao gabinete – e eu me vi diante de Sua Excelência! Não posso dizer-lhe exatamente em que pensava naquele momento. Vejo Sua Excelência e várias pessoas ao seu redor. Creio que nem sequer fiz uma reverência, esqueci-me de fazê-la. Estava tão assustado que me tremiam os lábios e as pernas. Mas não me faltava motivo para isso, minha filha. Em primeiro lugar, porque sentia muita vergonha, e depois porque ao voltar casualmente a vista, à direita, e ao ver-me num espelho, tive razão de sobra para me afundar no chão. Em segundo lugar, tenho procurado conduzir-me de modo que não existisse, pelo que era pouco provável que Sua Excelência tivesse conhecimento de minha pessoa. Pode ser que alguma vez tivesse ouvido de passagem que no seu departamento tinha um funcionário chamado Dievuchkin, mas não passava disso.

Sua Excelência exclamou irado: "Mas posso saber o porquê disso, homem? Onde estava com a cabeça? Um documento tão importante e urgente, e o senhor faz esse estrago! Como isso aconteceu, homem?" Então Sua Excelência virou-se para Evstafi Ivanovitch. Ouvi somente palavras soltas, sons que pareciam vir do além: "Descuido! Negligência! Poderemos ter problemas por sua causa!" Abri a boca, mas não disse nada. Queria desculpar-me, pedir perdão, mas não pude; queria correr mas não me atrevia... então, minha filha, aconteceu uma coisa que ainda agora mal consigo segurar a pena de tanta vergonha. Um botão – o diabo o carregue! –, o botão que estava apenas preso por um fio, saltou de repente (provavelmente eu tinha tocado nele sem querer) e rodou, rodou, e foi parar nos pés de Sua Excelência, e isso tudo em meio a um silêncio total. Foi-se toda minha justificativa, toda minha desculpa, tudo quanto tinha para dizer a Sua Excelência! As consequências foram imediatas. Sua Excelência olhou atentamente para o meu aspecto, para minha roupa. Lembrei-me do que vira no espelho; agachei-me para pegar o botão. Dei uma de doido. Curvei-me, estendi a mão para apanhar o botão, mas o botão rodou como um pião, rodou, rodou, e eu, por mais que tentasse não conseguia pegá-lo, de sorte que mostrei ali toda a minha habilidade. Senti que minhas últimas forças me abandonavam, que tudo estava perdido! A dignidade, o homem, completamente aniquilados! Naquele instante, parece que ouço Teresa e Faldoni e não paro de ouvir aquilo. Finalmente consegui pegar o botão, levantei-me, ajeitei-me e, se não fosse tão estúpido, teria ficado quietinho, retinho, mas não: quis colocar o botão no lugar, prendê-lo aos fiapos das linhas quebradas, como se pudesse prendê-lo; e ainda sorria, tive a pachorra de sorrir! Sua Excelência virou-se para um lado, mas depois me encarou e escutei dizer a Evstafi Ivanovitch: "Homem, veja você, olhe para ele, em que estado está!... O que acontece?... Por que ele anda assim?..." Ah, minha filha, o que mais podia acontecer? Escuto Evstafi Ivanovitch responder: "Ele nunca cometeu um erro, tem uma conduta exemplar, recebe o ordenado normal, merece aquilo que ganha..." – "Bem, então veja uma forma de ajudá-lo – diz Sua Excelência. – Deem-lhe um adiantamento..." – "Mas ele já pediu, e já foi adiantado nem sei quantos meses. Pelo visto foram as circunstâncias que o fizeram descambar, mas tem conduta irrepreensível, como digo, nunca foi apanhado em faltas." Eu, meu anjinho, queimava no fogo do inferno! Estava quase morto. "Então – disse Sua Excelência em voz alta – que ele faça outra cópia o mais depressa possível. Dievuchkin, venha cá, copie isto outra vez, mas sem erros, e vocês senhores..." Sua Excelência voltou-se para os demais, encarregou-lhes de várias coisas e todos se retiraram. Mal eles saíram, Sua Excelência puxou sua carteira do bolso e, dela, uma nota de cem rublos. "Tome, é tudo o que posso dar, aceite..." – disse ele, e assim dizendo, pôs a nota em minha mão. Eu, meu anjinho, estremeci, a alma toda abalada; não sei dizer o que se passou comigo, pois tentei pegar-lhe na mão para beijá-la, mas ele ficou ruborizado, minha pombinha, e agora não me desviarei nem um cabelinho da verdade, minha filha: e pegou na minha mão indigna e apertou-a, simplesmente apertou-a, tal como se fosse a mão de um ser igual a ele. "Agora pode sair, disse ele – ajudo-o da forma que posso... Copie-me o documento, mas procure não cometer erros, pois agora dividimos a responsabilidade."

Agora, filhinha, decidi o seguinte: pedir a você e a Fedora (caso tivesse filhos também pediria o mesmo), que não rezem pelo vosso pai mas sim por Sua Excelência, todos os dias e sempre! E digo-lhe mais, minha filha, e digo-lhe solenemente, escute-me bem, amorzinho: juro que por mais dolorosa que tenha sido a minha angústia nos dias cruéis de nossa desgraça, quando olhava para você em seus martírios e para mim mesmo, para todas as minhas humilhações e inutilidade, juro-lhe que, apesar de tudo, estes cem rublos não têm para mim tanto valor como esse gesto de Sua Excelência ao estender-me sua mão, a mão de um desmazelado, de um bêbado! Com esse gesto Sua Excelência restituiu-me a vida, ressuscitou-me entre os mortos, tornou doce a minha vida, e estou firmemente convencido de que, por mais pecador que eu seja perante os olhos do Altíssimo, as minhas preces pela felicidade e prosperidade de Sua Excelência hão de chegar ao trono de Deus e ser ouvidas!...

Minha filha, agora estou em grande excitação, um estado emocional que jamais experimentei. O meu coração bate como se quisesse saltar do peito. E estou rendido, enfraquecido por completo. Mando-lhe quarenta e cinco rublos em papel; vinte rublos darei à senhoria, e os outros trinta e cinco reservo para mim; com vinte rublos compro algumas peças de roupa, quinze deixo para as despesas diárias. O que aconteceu esta manhã me deixou abalado. Vou deitar. Agora estou mais sossegado, muito sossegado. Apenas tenho certo peso no coração e, lá, bem no fundo, sinto como se a alma tremesse e se agitasse. Vou visitá-la depois, porque ainda estou transtornado pelos acontecimentos... Deus vê tudo, minha filha, minha inapreciável pombinha!

Makar Dievuchkin

*

10 DE SETEMBRO

Querido Makar Aleksieievitch:

Estou indizivelmente feliz com a sua felicidade e, meu amigo, sei valorizar as virtudes do seu superior. Agora poderá, finalmente, respirar aliviado, descansar das amarguras. Mas, por Deus, não volte a gastar dinheiro inutilmente! Tenha uma vida tranquila e ordenada, a mais modesta possível e, peço-lhe, comece a partir de hoje a separar algum dinheirinho, para que não seja pego desprevenido novamente. Não se preocupe conosco, porque eu e a Fedora já nos ajeitamos. Por que nos mandou tanto dinheiro, Makar Aleksieievitch? Não precisamos, temos bastante com o que ganhamos. É certo que, dentro em breve, precisaremos de alguma quantia para mudarmos de casa, mas a Fedora espera que logo, logo, lhe paguem uma dívida antiga. De qualquer forma, reservarei vinte rublos, caso haja necessidade extrema. O resto devolvo-lhe. Poupe o dinheiro, Makar Aleksieievitch! Até logo. Procure sossegar, trate de ficar bem de saúde e feliz. Por meu gosto prolongaria esta carta, mas me sinto muito cansada, ontem nem me levantei da cama o dia inteiro. Fico contente por prometer me visitar. Não demore, Makar Aleksieievitch, estou esperando.

V. D.

*

11 DE SETEMBRO

Minha querida Varvara Aleksieievna:

Suplico-lhe, minha querida, não se afaste de mim agora que estou imensamente feliz e satifeito com tudo. Minha pombinha, não dê atenção a Fedora, que prometo fazer tudo o que quiser; eu me comportarei bem e de maneira digna daqui pra frente, pois quanto mais não fosse, pelo menos em atenção a Sua Excelência; voltaremos a escrever um para o outro cartas alegres, dividiremos mutuamente os nossos pensamentos, nossas alegrias e nossas preocupações, se é que as temos; viveremos juntos em harmonia e felicidades, e nos dedicaremos à literatura, meu anjinho! Tudo mudou em minha vida para melhor. Minha senhoria voltou a dialogar, Teresa está mais inteligente, e até o Faldoni mostra-se mais prestativo. Reconciliei-me com Rataziaev. Estava tão contente que eu mesmo o procurei. Ele é realmente um bom rapaz, tudo o que diziam dele é mentira, e só agora pude comprovar que foi uma calúnia terrível. Não é verdade que tivesse a intenção de nos satirizar, ele próprio assegurou-me. Leu-me sua nova obra. E se me chamava Lovelace, bom, isso não tem nada de mau nem sequer é um apelido ofensivo, e ele mesmo explicou-me que é uma palavra estrangeira e significa *rapaz hábil*, ou, para expressá-lo de uma forma mais polida, mais literária, significa *rapaz com quem não se deve brincar* – é só isso. Como vê, não é nada indecente! Aquilo não passou de uma brincadeira inofensiva, meu anjinho, mas eu, ignorante, fiquei tremendamente ofendido. Bem, já lhe pedi desculpa... Que tempo bonito fez hoje, Várienka! É verdade que, pela manhã, tivemos uma geadinha, era como se peneirassem a geada sobre nós, mas não importa porque o ar está mais fresco. Saí para ver botas e comprei umas maravilhosas. Depois passeei pela Nevski, li "A Abelha"[37]. Ah, já ia esquecendo de lhe contar o mais importante.

É o seguinte:

Hoje de manhã puxei conversa com Emélian Ivanovitch e Aksenti Mikhailovitch sobre Sua Excelência. Sim, Várienka, porque não foi só a mim que ele mostrou sua bondade; também foi misericordioso com outros, e é notória sua bondade de coração. Por todo lado o louvam e até vertem lágrimas de agradecimentos. Viveu em sua casa uma órfã a quem arranjou um bom casamento: casou-se com um funcionário que Sua Excelência tinha ao seu lado para tarefas especiais. Também conseguiu emprego numa repartição para o filho de uma pobre viúva e foi bondoso para muitos outros. Eu, minha filha, considerei meu dever ressaltar o que ele havia feito por mim, e contei tudo, abertamente. Sim, deixei a vergonha de lado e contei tudo, sem omitir nada. Que vergonha que nada, tratando-se de

[37] Abelha (Пчелку). Refere-se ao jornal "A Abelha do Norte", primeiro jornal diário da Rússia (1825), editado pelo escritor Faddej V. Bulgárin (1789-1859), polonês naturalizado russo, famoso folhetinista, publicou romances históricos e um humorístico. Era muito impopular entre as classes mais elevadas da sociedade, enquanto que a massa do público apreciava muito as suas obras. (N. do T.)

uma coisa dessas! E disse em voz alta, para que todos pudessem ouvir: glória às nobres ações de Sua Excelência! Falava entusiasmado, com prazer, sem ficar avermelhado, pelo contrário, com orgulho por poder contar essas coisas. Contei-lhes da minha senhoria, de Faldoni, de Rataziaev, de Markov, de minhas botas, tudo (só não disse uma palavra sobre você, filhinha, guardei um silêncio prudente). Havia alguns risos, troca de olhares, quer dizer, na verdade, todos riam, talvez porque encontraram em mim algo engraçado, risível; ou então riram por causa das botas. Sim, certamente riram de minhas botas. Não creio que seja possível que tenham rido com má intenção. É mais provável que riram porque eram jovens, ou porque é gente rica, anda bem nos cobres. Repito que não creio que ridicularizavam o meu discurso com má intenção, com maldade, até porque nunca poderiam rir de Sua Excelência, não estou certo, Várienka?

Ainda não me refiz de todo, minha filhinha. Essas coisas todas me deixaram muito confuso. Tem lenha em casa, Várienka? Procure não se resfriar; o tempo agora é propício para isso. Peço tanto a Deus, minha filha, e como peço, que a proteja! Você tem, por exemplo, meias de lã, ou agasalho mais quente? Veja bem, meu anjinho. Se precisar de algo, não ofenda esse pobre velho, peça. Os tempos ruins já passaram. Não se preocupe comigo. Agora a vida há de ser mais radiante!

Foram tristes aqueles tempos, Várienka! Mas não importa, tudo já passou. Os anos passarão e ainda suspiraremos por esses tempos, recordaremos deles sorrindo. Lembro-me de minha infância. Às vezes não tinha um copeque sequer no bolso. Passava frio e fome, mas era alegre, era o que bastava. De manhã passeava pela Nevski e quando via uma cara bonita, ficava feliz o resto do dia. Bons, bons tempos, minha filha! Dá gosto viver neste mundo, Várienka! Sobretudo em Petersburgo. Ontem foi com lágrimas que me confessei perante Deus e pedi a intercessão de Jesus Nosso Senhor para que perdoasse todos os pecados desse tempo amargo: minha revolta, os meus pensamentos à toa e minhas extravagâncias. Em minhas preces também me lembrei de você com emoção e ternura. Só você, meu anjinho, é quem me tem consolado, é quem me tem apoiado, aconselhado, me ajudando a sair dos apertos. Disso não esquecerei nunca, minha filha! Hoje beijei suas cartas, uma a uma, minha pombinha, meu anjinho! Mas por agora, até logo. Ouvi dizer que pelos arredores há quem venda roupa. Vou dar uma olhada nisso. Até breve, meu anjinho. Até mais ver!

Seu devotadíssimo
Makar Dievuchkin

*

15 DE SETEMBRO

Prezado senhor Makar Aleksieievitch:

Estou deveras abalada. Veja o que aconteceu comigo. Pressinto algo fatal. Julgue por si mesmo, meu caríssimo amigo: o senhor Bíkov está em Petersburgo. A Fedora encontrou-se com ele na rua. Ele passava num coche, reconheceu-a, mandou parar, dirigiu-se até ela e perguntou-lhe onde morava. A Fedora, naturalmente, não quis dizer, mas depois, sorrindo, ele disse que já sabia quem vivia com ela. (Pelo visto Anna Fiodorovna contou-lhe tudo). Ao ouvir aquilo, a Fedora ficou furiosa e, ali mesmo na rua, começou a repreendê-lo, a censurá-lo, dizendo-lhe que era um imoral, que era o culpado de todas as minhas desgraças. Ele respondeu que, quando não se tem um tostão, é claro que se é infeliz. Fedora disse-lhe que eu teria conseguido ganhar a vida com o meu trabalho, que teria podido casar, ou mesmo encontrado uma colocação em qualquer lugar, mas que agora a minha felicidade perdera-se para sempre; que estava muito doente e não demoraria a morrer. A isso ele respondeu que eu ainda era muito jovem, que ainda tinha a cabeça nas nuvens e que *as nossas virtudes se haviam extinguido* (são palavras dele). Eu e a Fedora achávamos que ele ignorava onde vivíamos, mas ontem, quando fui fazer umas comprinhas no Gostíni Dvor, ele entrou no nosso quarto. Pelo visto não queria me encontrar em casa. Começou a fazer muitas perguntas a Fedora sobre o nosso modo de vida, observou tudo com atenção, inclusive o meu trabalho e, ao fim, perguntou: "Quem é esse funcionário com quem mantém amizade?" Naquele exato momento, você atravessava o pátio; Fedora apontou-lhe; ele foi à janela, olhou e sorriu. A Fedora pediu-lhe que se retirasse, dizendo-lhe que eu estava doente por causa das minhas desgraças e que seria desagradável para mim encontrá-lo aqui. Ele não disse nada. Ficou calado um instante e disse que viera aqui sem qualquer intenção, porque não tinha nada para fazer, e quis dar vinte e cinco rublos a Fedora, que ela, evidentemente, não aceitou. O que isso que dizer? O que veio fazer em nossa casa? Nem consigo entender como é que sabe tudo de nós! Perco-me em conjecturas. A Fedora diz que a Aksínia, uma cunhada dela, que nos visita de vez em quando, é muito amiga de Nastácia, a lavadeira, que é prima de um guarda que trabalha no mesmo departamento de um amigo do sobrinho de Anna Fiodorovna, e que, portanto não seria possível que por esse meio chegasse aos ouvidos de Anna Fiodorovna qualquer bochicho? A Fedora pode estar enganada, mas nem sabemos o que pensar. Será que ele voltará a pôr os pés em nossa casa? Tremo só em pensar! Quando a Fedora me contou o ocorrido ontem, fiquei apavorada, quase desmaiei. O que querem de mim? Eu não quero saber dessa gente! O que querem desta pobre coitada? Ah, se você soubesse como vivo amedrontada! Fico pensando que a qualquer momento Bíkov pode aparecer. O que será de mim? O que o destino me reserva? Pelo amor de Deus, venha aqui logo, Makar Aleksieievitch. Venha, eu lhe suplico, venha!

V. D.

*

18 DE SETEMBRO

Queridinha Varvara Aleksieievna:

Hoje aconteceu algo extremamente triste e inesperado em nosso apartamento. O nosso pobre Gorchkov foi declarado inocente no processo (tenho que lhe contar isto). A sentença já havia sido proferida fazia tempo, mas só hoje ele foi comunicado da resolução final. A questão acabou sendo favorável para ele, foi absolvido. Chegou-se à conclusão de que todas aquelas coisas de que o acusavam: descuido, negligência, etcétera, não tinham fundamento. A sentença ordenou que o comerciante lhe pague uma importância razoável em dinheiro, o que melhorará sua situação extrema, mas o mais importante, naturalmente, é que o pobre livrou-se daquela mancha em sua honra, e todos os seus desejos acabaram realizados. Hoje, por volta das três da tarde ele chegou em casa, transfigurado, a cara branca como uma parede, os lábios trêmulos, mas sorrindo. Abraçou sua mulher e os filhos. Nós organizamos um grupo e fomos lhe dar os parabéns. Creio que nossa atitude o comoveu muito, pois se desmanchava em agradecimentos e apertava a mão de cada um várias vezes. Pareceu que ele havia crescido, que esticara, e desta vez os olhos não lacrimejavam. Como estava emocionado, coitado! Não ficava parado no mesmo lugar dois minutos; tocava em tudo, apoiava-se no espaldar da cadeira, sorria, não parava de dizer obrigado, sentava-se, levantava-se, sentava-se novamente, murmurava não sei o quê, coisas que só Deus sabia: "Minha honra, sim, minha honra, a reputação, é o que posso deixar para os meus filhos..." Tinha os olhos cheios de lágrimas; todos nós enchemos os olhos de lágrimas. Certamente para agradá-lo, Rataziaev disse-lhe: "Ora, que honra! Que importa a honra, paizinho, quando não se tem o que comer? Dinheiro, paizinho, dinheiro; isso é o que interessa, e é exatamente por isso que tem de dar graças a Deus!", e deu-lhe uma tapinha no ombro. Pareceu-me que aquilo, de certa forma, ofendera Gorchkov. Não que ele demonstrasse claramente seu ressentimento, mas olhou de um modo muito particular para Rataziaev, quer dizer, não o demonstrou, mas lançou um olhar estranho para Ratáziaev e retirou-lhe a mão do seu ombro. Antes não tivesse dito isso, filhinha. É certo que nem todos os temperamentos são iguais. Eu, por exemplo, no meio de uma alegria daquelas, não me mostraria orgulhoso. Sabe por que, meu carinho? Porque às vezes dizemos coisas desnecessárias, nos curvamos, nos humilhamos apenas por bondade e por um excesso de ternura. Mas isto não se refere a mim! "Sim – disse ele, depois de uma pausa – o dinheiro também é importante, graças a Deus, graças a Deus!...", e durante o tempo em que estivemos no quarto dele, não parou de repetir "Graças a Deus, graças a Deus..." Sua mulher providenciou um almoço mais abundante e melhor que de costume. Nossa senhoria foi quem cozinhou. Há que reconhecer que, no fundo, nossa senhoria é até uma boa mulher. Até a hora de comer Gorchkov não parou um instante. Dava voltas por todos os quartos, convidado ou não. Entrava, sorria, sentava-se, dizia algo, ou às vezes ficava calado, depois saía. No quarto do nosso aspirante da Marinha, chegou a tomar os naipes na mão, pois os outros o admitiram no jogo. E ali esteve, joga que joga, mas se confundia tanto que depois de três ou quatro rodadas, desistiu. "Não – disse ele – sentei-me por sentar, sem querer", e saiu. Encontrou-me no corredor, tomou-me as mãos, olhou-me nos olhos, mas de um modo muito estranho; apertou-me a mão e afastou-se, com um sorriso nos lábios, mas um sorriso doloroso, parecia o sorriso de um morto. Sua mulher chorava de alegria; havia mesmo tanta alegria naquela família, uma verdadeira festa. Comeram rapidamente. Então, depois da refeição, disse à mulher: "Agora vou descansar um pouquinho", e foi para a cama. Chamou a filhinha, pôs-lhe a mão na cabecinha e, durante um bom tempo, alisou-a. Depois se virou de novo para a mulher: "Onde está Pétienka? O nosso Pétia, o Pétienka?..." A mulher se benzeu e respondeu que Pétienka havia morrido. "Sim, é verdade, eu sei, Pétienka está no céu!" A mulher notou que ele não era o mesmo, que não estava bem, que o acontecimento tinha mexido com sua cabeça por completo, e disse-lhe: "Durma, descanse" – "Sim, sim, está bem, vou dormir só um pouquinho...", e virou-se para o outro lado, depois voltou a cabeça, deu a entender que queria dizer algo. A mulher não entendeu e perguntou-lhe: "O que é, homem?". Mas ele não respondeu. "Dormiu", pensou a mulher, e saiu do quarto para conversar com a senhoria. Uma hora depois voltou e viu que o marido ainda não havia acordado, continuava deitado, imóvel. Temendo acordá-lo, sentou-se e começou a trabalhar em algo. Contaria depois que trabalhara cerca de meia hora, e esteve tão entretida com o que fazia que até se esquecera completamente do marido. Mas, subitamente, uma estranha sensação incômoda, sobretudo o silêncio sepulcral que havia no quarto, fez com que voltasse a si de repente. Olhou para a cama e viu que o marido continuava na mesma posição. Então aproximou-se dele, puxou-lhe o cobertor e tocou-lhe: estava frio, tinha morrido, filhinha, Gorchkov morreu de repente, como se um raio o atingisse! Só Deus sabe qual terá sido a causa de sua morte. Fiquei impressionado, Várienka, tão impressionado que ainda não me dei conta. Não posso crer que um homem possa morrer assim desta maneira. Ah, como esse Gorchkov era infeliz! Que sina, que sina! Sua mulher, com o rosto em lágrimas, estava desolada. A menina escondeu-se num canto, assustada. Agora ali vai ser um entra e sai terrível, pois vão fazer uma autópsia, não sei ao certo. Que pena, filhinha, que pena! É muito triste pensar que de um momento para outro se possa morrer assim, sem mais nem menos...

Seu Makar Dievuchkin

*

19 DE SETEMBRO

Prezada senhora Varvara Aleksieievna:

Apresso-me, minha filha, a informar-lhe que Rataziaev me arranjou trabalho para um escritor. Esse escritor esteve com ele hoje e trouxe-lhe um manuscrito grosso; graças a Deus, tenho muito trabalho. Só que a letra está muito ilegível, nem sei como vou decifrar aquilo tudo; além do mais, querem pressa. E como se fosse pouco, fala de coisas tão difíceis que custa muito entendê-las. Quanto ao preço, fizemos um acordo: quarenta copeques por página. Escrevo-lhe isto, minha filha, para que saiba que agora haverá um dinheiro extra. E agora, até logo, fique com Deus, meu anjinho. Vou começar a trabalhar já.

Seu fiel amigo
Makar Dievuchkin

*

23 DE SETEMBRO

Meu caro amigo Makar Aleksieievitch:

Há três dias, meu amigo, que não lhe escrevo nada, mas não me faltam preocupações e inquietações.

Anteontem Bíkov esteve aqui. Eu estava só, pois Fedora havia saído. Quando fui abrir a porta assustei-me tanto que nem conseguia sair do lugar. Senti que estava pálida. Ele entrou rindo alto, como é seu costume, sem cerimônias pegou uma cadeira e sentou-se. Demorei para recobrar a serenidade, mas acabei sentando junto à janela, a trabalhar. Ele parou de rir. Pelo visto meu aspecto o surpreendeu. Emagreci muito nos últimos tempos: tenho as faces e os olhos fundos, ando branca como uma morta... Sim, quem me viu há um ano não acreditaria ou teria dificuldade de reconhecer-me. Ele ficou me observando por um longo tempo, com muita atenção, e por fim, animou-se. Fez alguma observação, e sequer me recordo do que lhe respondi, e voltou às risadas. Durante um hora esteve ali, ao meu lado, encheu-me de perguntas, falou com desenvoltura. Finalmente, antes de sair, pegou-me na mão e disse (reproduzo-lhe textualmente suas palavras): "Varvara Aleksieievna, vou dizer-lhe, aqui entre nós, a Anna Fiodorovna, sua parente e minha velha amiga, é uma mulher sumamente vulgar." (Qualificou-a, ainda, com uma palavra indecentísima.) "Desviou sua prima do caminho certo, e levou-a à perdição. Eu também me portei como um canalha, mas não há o que fazer, eu sou assim mesmo." Voltou a rir alto. Depois disse que não tinha o dom da fala e que já tinha dito o suficiente, que esclarecera o que devia esclarecer, e que se limitaria a explicar o resto em duas palavras. E assim o fez: pediu a minha mão, pois considerava dever seu devolver-me a honra, que era rico, que depois do casamento me levaria para sua propriedade na região das estepes, porque pensava em ir para lá para caçar lebres; que seu propósito era de não voltar mais a Petersburgo porque Petersburgo lhe repugnava, que tinha em Petersburgo um sobrinho, um folgazão que não prestava para nada, assim disse, e a quem jurara privar da herança, que por tudo isso resolveu casar para ter herdeiros diretos. Depois considerou que eu vivia na miséria, que não era de se estranhar que eu estivesse doente, vivendo em tal espelunca, e profetizou-me uma morte próxima se continuasse ali por mais um mês. Em Petersburgo todas as moradias são horríveis, disse, e perguntou-me se eu precisava de alguma coisa.

Eu estava tão desnorteada com a proposta que comecei a chorar e, nem sei por quê, atribuiu aquelas lágrimas à gratidão, e disse-me que se convencera de que eu era uma boa moça, sensata e inteligente, mas que até então não se decidira a fazer-me aquela proposta, antes de se informar detalhadamente sobre a minha conduta. Fez-me perguntas sobre você, disse-me que sabia de tudo, que você era um homem de bem, que ele, de sua parte, não queria lhe dever nada e perguntou se você se contentaria com quinhentos rublos por tudo o que fez por mim. Quando eu lhe expliquei tudo o que você havia feito por mim, que essas coisas não se pagam com dinheiro, ele disse que isso era um absurdo, coisas de romances; que eu era muito jovem ainda e via a vida através dos livros, que os romances levavam as jovens a inculcar ideias extravagantes, que em geral os livros apenas corrompiam os costumes e a moral, que detestava todos os livros; aconselhou-me a esperar chegar à idade dele, para poder julgar as pessoas; "só então – disse – poderá conhecer as pessoas". Depois pediu que eu pensasse em sua proposta, pesasse tudo de forma consciente, pois não era correto que eu desse um passo tão importante sem refletir, e acrescentou que as decisões precipitadas levavam a juventude inexperiente à perdição mas que era seu maior desejo obter de mim uma resposta afirmativa, pois de outra forma seria obrigado a casar-se com a filha de certo comerciante de Moscou, porque, como já disse, jurara não deixar seus bens para aquele sobrinho tão inútil. Por fim, levantou-se e pôs quinhentos rublos em cima do meu bastidor: para despesas particulares, disse, e acrescentou ainda que, lá na aldeia, eu ficaria gorda como uma panqueca, que, com ele, teria do bom e do melhor, que estava atarefado com suas coisas, e que só viera a minha casa por uns instantes. E dizendo isto, saiu. Pensei muito sobre isso tudo, dei voltas pra todo lado, e, por fim, sofrendo muito, meu amigo, tomei a decisão: me casarei com ele, tenho que aceitar sua proposta. Se alguém pode salvar-me da vergonha, devolver-me a honra, livrar-me da pobreza, das privações e desgraças futuras, esse alguém é ele, só ele. Que mais posso esperar do futuro, o que mais posso pedir ao destino? A Fedora diz que não posso brincar com a sorte – o que, neste caso, se chama sorte? – diz ela. Eu não vejo outra solução para mim, meu amigo. O que devo fazer? Trabalho, mas com isso já perdi a saúde; nem consigo trabalhar de forma permanente. Trabalhar para uma família? – morreria de tristeza, e também não agradaria a ninguém. Sou doente por natureza, e por isso serei sempre um peso para os outros. Claro que, para onde vou agora, não é nenhum paraíso, mas o que posso fazer, meu amigo, o que posso fazer? Que escolha tenho eu?

Não pedi o seu conselho porque preferi pensar nisso sozinha. A decisão que ora lhe comunico é definitiva, e vou informar a Bíkov, que já está impaciente, aguardando de mim uma resposta decisiva. Ele diz que seus negócios não podem esperar, que tem pouco tempo, que tem de partir, que não pode adiar nada por causa de bobagens. Só Deus sabe se serei feliz, o meu destino está em Seu sagrado e insondável desígnio, mas minha decisão já está tomada. Dizem que Bíkov é uma boa pessoa, vai respeitar-me, gostar de mim, e eu certamente vou aprender a gostar dele e a respeitá-lo. O que mais posso esperar do nosso casamento?

Comunico-lhe tudo, Makar Aleksieievitch, e sei que compreenderá meu sofrimento. Não tente dissuadir-me do meu propósito, os seus esforços seriam em vão. Examine bem em seu coração as razões que me obrigaram a dar este passo. No começo eu estava desconcertada, mas agora já estou mais tranquila. O que me aguarda, ignoro. Seja o que for, é a vontade de Deus.

Bíkov acabou de chegar, e deixo esta carta por terminar. Ainda tenho muitas coisas para dizer-lhe, mas Bíkov já está aqui.

V.D.

*

23 de setembro

Varvara Aleksieievna, meu amorzinho:

Apresso-me a responder-lhe; sim, filhinha, apresso-me a dizer-lhe, minha filha, que estou espantado. Tudo isto me parece irreal. Ontem sepultamos Gorchkov. Sim, está bem, Várienka, está bem; Bíkov portou-se honrosamente, e parece-me que a filhinha já deu o sim... Naturalmente, nisso tudo se manifesta a vontade de Deus, quer dizer, tem que ser assim; devemos ver nisso a vontade divina. A providência do Divino Criador só se manifesta para trazer felicidade aos mortais. A Fedora compartilha disso porque lhe quer bem. Claro que agora você vai ser feliz, minha filhinha, vai viver na riqueza e na abundância, minha pombinha, minha luz, meu anjinho, mas diga-me uma coisa, só uma, Várienka, por que tão depressa? Ah, sim, os negócios! O senhor Bíkov tem negócios, está certo. Quem não tem negócios? Ele também pode tê-los. Eu o vi quando saía de sua casa. É um homem de presença, de boa presença mesmo, quer dizer, se impõe com sua presença. Mas isso não está certo... não, não se trata disso, a questão não é que ele seja um homem bem apessoado, mas o fato é que agora não estou nada bem, já não sou o mesmo. Como escreveremos um para o outro agora? E eu, sim, como é que vou ficar aqui agora, sozinho? Eu, meu anjinho, pondero tudo, como me pediu, pondero em meu coração todas as razões. Já havia copiado vinte folhas quando aconteceu tudo isso. Se minha filha vai partir, terá que comprar uma porção de coisas, vários pares de sapatos, vestidos, e a propósito, conheço uma loja na Gorokhovaia, lembra-se quando descrevi aquela rua? Mas como é possível, como é que vai partir dessa maneira, minha filha? Não, não deve ir já, isso é impossível. Precisa fazer compras importantes, tem que alugar um coche. Além do mais, o tempo não está nada bom, chove a cântaros, vai fazer frio, o tempo está úmido, anjinho de minha alma, vai esfriar o seu coraçãozinho. Tem medo de estranhos mas vai partir. E eu, com quem ficarei aqui? Sim, a Fedora diz que muita felicidade aguarda a minha filhinha... mas essa Fedora é uma desalmada que só quer a minha ruína. Vai à missa da noite, minha filha? Se for, também irei para vê-la. É verdade, é verdade, minha filha, que é uma boa moça, culta, sensata, mas ele que se case com a filha do comerciante! O que acha, filhinha? Que se case com a comerciante! Assim que escurecer irei até sua casa, sem falta. Sei que agora espera o Bíkov, mas quando ele for embora... Espere-me, minha filha, que vou sem falta.

Makar Dievuchkin

*

27 DE SETEMBRO

Meu amigo Makar Aleksieievitch:

O senhor Bíkov disse que preciso levar, pelo menos, três dúzias de camisas de tecido holandês. Assim, temos que encontrar rapidamente costureiras que me façam duas dúzias delas, pois temos muito pouco tempo. O senhor Bíkov está impaciente, diz que essas coisas dão uma trabalheira danada. O nosso casamento será celebrado daqui a cinco dias e, no dia seguinte, partiremos. O senhor

Bíkov tem pressa, diz que não pode perder tempo com besteiras. E com tantos afazeres, estou cansada, mal posso ficar de pé. Ainda falta muita coisa a fazer, sabe Deus se não seria preferível sem isto tudo. E faltam-nos rendas de seda e algodão, é preciso comprá-las, porque o senhor Bíkov diz que não quer que sua mulher se vista como uma cozinheira e que preciso deixar "com inveja todas as senhoras do lugar". Estas são palavras suas. Então, Makar Aleksieievitch, é preciso que vá até a casa de *Madame* Chiffon, na Gorokhovaia, e peça-lhe, em primeiro lugar, que nos envie costureiras e, em segundo lugar, que faça a gentileza de vir ela mesma. Eu estou adoentada. Nessa nova casa faz tanto frio e a desordem é tanta, que mete medo. A tia do senhor Bíkov mal pode respirar de tão velha. Estou com muito medo que morra antes de nossa partida, mas o senhor Bíkov diz que não, que ela aguenta. Aqui a desordem é absoluta. Como o senhor Bíkov não mora aqui, a criadagem desaparece, faz o que bem entende. Às vezes só fica a Fedora para nos servir; o aio do senhor Bíkov, que é quem devia pôr ordem nas coisas, há três dias não aparece. O senhor Bíkov vem aqui todas as manhãs, irrita-se muito e ontem sentou a mão no administrador da casa, porque teve problemas com a polícia... Sequer encontrei alguém para lhe mandar a carta, por isso envio-a pelo correio urbano. Ah, como sempre, ia me esquecendo do mais importante: diga a *Madame* Chiffon que troque as rendas de seda de acordo com a amostra que escolhi ontem, e que ela mesma venha mostrar-me o que escolheu. E diga-lhe também que mudei de ideia em relação ao *canezou*[38]: quero-o também bordado em crochê. Ah, e cuide também que as

[38] Corpete transparente sem mangas (fr.); em destaque no original. (N. do T.)

iniciais dos lenços sejam bordadas em ponto de cadeia, e não em ponto cheio. Entendeu? Não se esqueça: ponto de cadeia! Ah, ia me esquecendo de outra coisa: diga-lhe, pelo amor de Deus, que faça as folhinhas do mantel em relevo, bem presas, e os espinhos em cordão e que na borda do colarinho pregue bem uma renda ou falbalá[39] largo. Explique-lhe isso direitinho, Makar Aleksieievitch.

Sua amiga *V. D.*

P.S. – Estou envergonhada por incomodá-lo com os meus recados. Anteontem ficou numa correria, pra lá e pra cá por minha causa. Mas o que posso fazer? Em nossa casa não há ordem alguma e eu estou mesmo adoentada. Não se irrite comigo, Makar Aleksieievitch! Ah, meu amigo, meu querido amigo Makar Aleksieievitch, o que acontecerá? Tenho medo de pensar no futuro. A cabeça está cheia de pressentimentos e vivo meio atordoada.

P.S. – Pelo amor de Deus, meu amigo, não se esqueça de nada do que lhe pedi; tenho medo que faça tudo ao contrário. Não se esqueça: ponto de cadeia, e não ponto cheio.

V. D.

*

[39] Do francês *falbalas*, folhos, enfeite pregueado ou franzido, aplicado nos vestidos. (N. do T.)

27 DE SETEMBRO

Prezada senhora Varvara Aleksieievna:

Cumpri com cuidado tudo o que me encarregou de fazer. *Madame* Chiffon disse que ela própria já havia pensado em fazer as letras em ponto de cadeia, que é mais decente ou coisa assim, sei lá, não entendi bem, mas foi algo assim... Bem, a filhinha falou-me de um tal falbalá; pois ela também falou dela. Só que, por desgraça, esqueci tudo o que ela me disse sobre o tal falbalá. Só lembro que ela falou muito, que mulher tagarela! Que foi mesmo que ela disse? Bem, ela mesma lhe dirá tudo hoje. Eu, filhinha, danei-me todo de tanto correr. Hoje não fui trabalhar. Mas não se preocupe, filhinha, que não foi nada; fique sossegada que estou disposto a percorrer todas as lojas. Escreve que tem medo de pensar no futuro. Mas hoje, lá pelas sete, saberá de tudo. *Madame* Chiffon irá vê-la pessoalmente. Assim, tenha paciência, pois se Deus quiser tudo acabará bem. O que não me sai da cabeça é esse bendito falbalá, e nos ouvidos falbalá, falbalá! Eu iria vê-la, meu anjinho, por duas vezes já me aproximei de sua porta, mas Bíkov, quer dizer, o senhor Bíkov, está sempre tão amuado que nem sei como... Paciência, não posso fazer nada!

Makar Dievuchkin

*

28 DE SETEMBRO

Caro senhor Makar Aleksieievitch:

Pelo amor de Deus, vá imediatamente ao joalheiro. Diga-lhe que não faça os brincos com pérolas e esmeraldas. O senhor Bíkov diz que é luxo demais, e acima de tudo são caros. Está inquieto, diz que já gastou muito, que isso tudo está lhe custando o olho da cara, que o estamos esfolando; ontem mesmo disse que se tivesse imaginado esses gastos, não teria precipitado as coisas. Diz que iremos embora logo após o casamento na igreja, que não haverá convidados, nem baile, que ainda é cedo para pensar em festas, que as mesmas serão celebradas na aldeia. É assim mesmo que ele fala! Mas sabe Deus que não preciso dessas coisas! Ele mesmo foi quem encomendou tudo. Não me atrevo a contradizer-lhe; é muito genioso. Ai, meu Deus , o que será de mim?

V. D.

*

28 DE SETEMBRO

Minha pombinha Varvara Aleksieievna:

Eu... quer dizer, o joalheiro disse que está bem; mas de minha parte, só queria dizer que estou mal e nem posso ficar de pé. Precisamente agora, quando precisa tanto de mim, o resfriado pegou-me de jeito. Isto não é um absurdo? Tenho também que lhe participar que, para cúmulo do azar, Sua Excelência também estava de mau humor e gritou com Emélian Ivanovitch, o que o deixou ainda mais exausto, coitado de Sua Excelência. São estas as coisas que queria lhe contar. Gostaria de escrever mais, mas temo tomar o seu tempo. Eu, filhinha, sou um homem lerdo, sem instrução, escrevo a torto e a direito o que me dá na veneta e temo que veja nisso alguma coisa que... mas não quero falar nisto.

Seu amigo
Makar Dievuchkin

*

29 DE SETEMBRO

Varvara Aleksieievna, minha filha:

Hoje estive com a Fedora. Diz que amanhã é o casamento e que, depois de amanhã, partirão, que o senhor Bíkov já encomendou os cavalos. Sobre Sua Excelência, já lhe falei, filhinha. Bem, verifiquei as contas da loja da Gorokhovaia e estão corretas, só que é tudo muito caro. Mas por que o senhor Bíkov se irrita com você? Bom, que você seja muito feliz, minha filha! Estou feliz, sim, ficarei ainda mais feliz se minha filhinha também for feliz. Eu iria à igreja, mas não posso, filhinha, doem-me os rins. O que acontecerá com nossas cartas? Quem vai entregá-las? Sim, há outra coisa que queria dizer: você portou-se de forma esplêndida com a Fedora! Fez uma boa ação, sim. E o Senhor vai abençoá-la a cada boa ação. As boas ações não ficam sem recompensa, e a virtude será sempre cingida pelo galardão divino. Filha, minha filha, gostaria de lhe escrever mais, passaria os minutos, as horas, escrevendo para você, sempre, sempre. Ainda está comigo o seu livro *Contos de Belkin*, mas filhinha, não o peça de volta, deixe-o comigo, minha pombinha! Não que queira relê-lo, mas, como minha filhinha sabe, está chegando o inverno; as tardes serão longas e escuras, vai ser uma tristeza, e então me fará bem ter um livro para ler. Eu, minha filha, quero me mudar deste quarto para o de vocês, pois a Fedora diz que me alugará. Daqui por diante não me separo mais dessa honrada mulher, além de tudo, tão trabalhadora! Ontem revi o seu quarto vazio. Ali ainda estava, sem que mexessem, num cantinho, seu bastidor com o bordado. Vi o seu bordado e alguns retalhos que ainda restaram. Numa de minhas cartas você havia começado a bobinar a linha; e, sobre sua mesinha encontrei algumas folhas, numa delas está escrito: "Caro senhor Makar Aleksieievitch, apresso-me...", e nada mais. Pelo visto, apenas havia começado a escrever quando alguém a interrompeu. Num canto, atrás do biombo, está a sua caminha... Minha pombinha! Bem, filhinha, até breve, até breve. Pelo que há de mais sagrado, responda-me esta carta o mais depressa possível!

Makar Dievuchkin

*

30 DE SETEMBRO

Meu inestimável amigo Makar Aleksieievitch:

Aconteceu, a sorte foi selada; não sei o que me reservará o futuro, mas a partir de agora entrego-me à vontade de Deus. Amanhã partiremos. Pela última vez despeço-me de você, meu único, meu fiel, benfeitor, querido e bom amigo. Não se preocupe comigo, viva feliz, lembre-se de mim alguma vez e que Deus lhe abençoe! Eu pensarei muito em você e não o esquecerei em minhas orações. Aqueles tempos passaram! Poucas são as lembranças gratas que levarei do passado para uma vida futura, por isso mesmo mais preciosa será sua lembrança, e mais estimável ainda será você para o meu coração. É meu único amigo, o único que aqui me amou. Eu não sou nenhuma cega, via tudo, via como me amava! Bastava o meu sorriso para torná-lo feliz, bastava uma linha das minhas cartas e tudo resplandecia. Agora vai ter que se acostumar a viver sem mim. Como viverá sozinho? Quem estará ao seu lado, meu bom, inestimável e único amigo? Deixo-lhe o livro, o bastidor e a carta apenas começada; quando ler essas primeiras linhas, continue lendo, faça de conta que lê o meu pensamento, que lê tudo aquilo que gostaria de ler e ouvir de mim, tudo o que eu poderia escrever-lhe! Ah, o que eu não lhe escreveria agora! Não esqueça a sua pobre Várienka, que sincera e cordialmente gostava de você. Suas cartas estão guardadas na cômoda de Fedora, na gaveta de cima. Diz-me que está doente; certamente iria vê-lo, mas o senhor Bíkov não me deixa sair. Vou escrever-lhe, meu amigo, prometo, mas só Deus sabe o que pode acontecer. Assim, nos despeçamos para sempre, meu amiguinho, meu pombinho, meu querido, para sempre! Ah, que abraço lhe daria agora! Fique bem, meu amigo, seja muito feliz, muito, muito! Desejo-lhe saúde. Não o esquecerei em minhas orações. Oh, se soubesse a tristeza que sinto, como minha alma está dolorida! O senhor Bíkov chama por mim.

Com eterno amor, sua *V.*

P.S. – Minha alma está tão cheia, tão cheia de lágrimas...
As lágrimas me sufocam, me dilaceram. Adeus!
Que tristeza, meu Deus!
Não me esqueça, não se esqueça da sua pobre Várienka!

*

Várienka, meu amorzinho, minha pombinha, minha joia preciosa:

Levam-na daqui, parte! Sim, seria preferível que me arrancassem o coração do peito do que arrancá-la de mim! Como é possível que isto aconteça? Como pôde consenti-lo? Acabo de receber agora mesmo sua carta, que em muitos lugares está salpicada de lágrimas. Isto quer dizer que não deseja partir, que a levam à força, que tem compaixão de mim, que me ama. E agora, como pode ser? O que vai acontecer? Seu coraçãozinho não resistirá àquilo! Lá tudo é feio, triste, frio. A saudade vai deixá-la doente, a tristeza vai matá-la. Lá morrerá, lá a enterrarão na terra úmida e não haverá ninguém para chorar por você. O senhor Bíkov estará sempre na caça às lebres. Ah, minha filha, minha filha, que decisão tomou? Como pôde concordar com uma coisa dessas? O que fez consigo mesma? Lá a levarão à morte, simplesmente darão cabo de você, meu anjinho! É uma menina frágil como uma pena! Mas onde estava eu com a cabeça? Eu, desmiolado, dormia de olhos abertos, nem imaginava o que passava na cabecinha da menina, não sabia que a menina estava sem juízo! Eu deveria ter, simplesmente...mas não, fui um verdadeiro idiota, não pensava nem via nada, como se estivesse muito seguro, como se não tivesse nada a ver com isso... e ainda por cima correndo atrás de falbalá. Não, Várienka, melhorarei, amanhã saio desta cama. Eu, filhinha, vou me jogar debaixo das rodas de seu coche, não a deixarei partir! Não, mas o que está realmente acontecendo? Com que direito acontece tudo isso? Partirei com você, e se não quiser que a acompanhe, correrei, correrei até que não possa mais, até que me falte o fôlego, até que dê o último suspiro! E você sabe, por acaso, o que há no lugar para onde vai? Pois se não sabe, pergunte-me. Lá, é só a estepe, meu anjinho, a estepe plana, pelada e infinita, tão nua como a palma de minha mão! Ali só verá camponesas grossas, insensíveis, mujiques rústicos e bêbados. Agora, por este tempo, não encontrará árvore com folhas, chove, faz frio. É para lá que a levam! Para o senhor Bíkov aquilo é um maravilha, vai se entreter com as lebres – e você? O que você vai fazer ali? Quer ser uma proprietária rural, minha filha? Olhe para você, não tem nada a ver com uma proprietária rural. Como é possível, Várienka? Para quem vou escrever cartas? Reflita e pergunte a si mesma somente uma coisa: agora, para quem o pobre vai escrever cartas? E a quem vou poder chamar de minha filha; onde poderei encontrá-la, meu anjo?

Morrerei, Várienka, certamente morrerei, pois o meu coração não suportará essa desgraça! Eu a amava como à luz do sol, como a uma verdadeira filha; amava tudo em você, minha pombinha! Vivia apenas para você! Trabalhava, copiava, andava, passeava, deixava minhas impressões no papel em forma de cartas, apenas para você, criança, que vivia aqui, tão perto. Talvez nem compreendesse, mas era assim, era realmente como digo agora. Ouça, minha filha, pense bem, reconsidere, minha pombinha, como é que nos abandona? Não, filha, não deve ir, nem deve pensar nisso! Chove, você está tão delicada, resfria-se facilmente. O coche em que viajará vai ficar encharcado, com certeza vai ficar encharcado; e mal sairá da cidade uma roda do coche se quebrará, se fará em pedaços. Aqui em Petersburgo, os coches que constroem são muito ruins! Conheço todos os marceneiros fabricantes de coches, e sei que para eles o que interessa é a aparência, a beleza, mas de durabilidade nem falemos; portanto, meu anjo, acredite-me: esses cochezinhos não valem nada. Eu, minha filha, posso cair de joelhos diante do senhor Bíkov, provo-lhe, convenço-o; e você, filhinha, tratará de convencê-lo, também. Diga-lhe, simplesmente, que fica, que não pode acompanhá-lo. Ah, por que não se casou com a filha daquele comerciante de Moscou? Teria sido melhor para todos se tivesse casado com uma comerciante! Seria mais conveniente para ele. Então você continuaria aqui, ao meu lado, Várienka. Para que precisa desse Bíkov? Será que assim, tão de repente, apaixonou-se por ele? Será porque lhe comprou o falbalá, será? Mas afinal, o que é esse falbalá? A falbalá, minha filha, não vale nada, não passa de um pedaço de pano. Aqui se trata da vida de um homem, minha filha, e não do falbalá, o falbalá não passa de um trapo, trapo sem importância alguma, nada mais. Eu mesmo, assim que receber o ordenado, compro-lhe um monte de falbalá, pois já conheço uma loja onde vendem, é só ter paciência até eu receber o ordenado, minha Várienka. Ah, meu Deus, meu Deus! Então vai mesmo para a estepe com o senhor Bíkov, vai-se para sempre! Ah minha filha!... Não, escreva-me, ainda que seja só uma vez, e ao chegar lá, escreva-me depressa outra. Esta não pode ser a última carta! Como esta pode ser a última carta, assim de repente? Não, não, vou escrever-lhe sempre, e você escreva-me também... mesmo porque agora já tenho um estilo. Ah, filha, mas por que falo de estilo? Agora, por exemplo, nem sei o que escrevo, não sei, sequer releio, não corrijo, escrevo unicamente por escrever, só para lhe escrever mais... Minha pombinha, minha criança, minha filhinha!

O NASCIMENTO DE UM ESCRITOR (*)

[Neste texto, escrito em 1877 e publicado postumamente no *Diário de um escritor*, Dostoievski relata as lembranças de sua exitosa iniciação como escritor, a alegria incomparável que viveu depois de produzir sua primeira obra e, o que é melhor, alcançar o triunfo com ela.]

***

Estranhas coisas nos acontecem. Nekrásov e eu raramente nos vimos, apenas uma ou outra vez na vida. Tivemos alguns mal entendidos, mas certa vez aconteceu algo que jamais pude esquecer. Recentemente estive com ele que, doente como estava, recebeu-me com prazer e, juntos, relembramos aqueles dias.

Naquele tempo (faz trinta anos) aconteceu algo animador, bom e saudável, uma dessas coisas próprias da juventude. Tínhamos então pouco mais de vinte anos. Eu vivia em Petersburgo e fazia um ano que havia pedido demissão do meu posto de engenheiro, sem saber por que, movido talvez por projetos pouco claros, imprecisos, descortinando-se diante de mim o mais vago e incerto porvir. Foi em maio de quarenta e cinco. No começo do inverno havia escrito as primeiras linhas de *Gente Pobre*, minha primeira obra, pois até então nada havia escrito.

Terminada a novela, não sabia o que fazer com ela nem a quem oferecê-la. Não tinha nenhum conhecimento no meio literário, salvo D. V. Grigórovich, que também ainda nada havia publicado, a não ser um breve esboço, *Gaiteiros Peterburgueses*, publicado numa antologia. Grigórovich estava às vésperas de mudar-se para o campo com a sua família e vivia ainda por algum tempo com Nekrásov. Um dia, ao passar por mim, disse-me: "Leve o seu manuscrito (ele ainda não o havia lido): Nekrásov pensa editar no próximo ano uma antologia, e lhe apresentarei". Assim, levei o manuscrito para o poeta; vi Nekrásov por um momento e dei-lhe um aperto de mão. Eu estava aflito pelo atrevimento de ter-lhe levado minha obra e retirei-me dali o mais rápido que pude, quase sem ter trocado uma palavra com Nekrásov. Apenas torcia pelo êxito, pois aquele grupo de *Os Anais Pátrios*[1], como o chamavam, dava-me muito medo. Lera Bielínski um par de anos antes, com deleite, mas me parecia resmungão e terrível e... "zombará de minha novela *Gente Pobre*", pensei. Mas só por instantes, pois meu livro havia sido escrito com paixão, quase com lágrimas. "Será que tudo isso, todas aquelas horas que passei, pena em riste, escrevendo a novela, não passava de mentira, fantasia, livre-pensamento?". Assim pensava, naturalmente, só por alguns momentos, pois a desconfiança e a dúvida estavam sempre à espreita.

Na noite do dia que entreguei o manuscrito, fui visitar

---

[1] Jornal onde publicavam os literatos jovens e exitosos da época, como o próprio Nekrásov e também o influente crítico Vissarión Bielínski, o mais veterano e conhecido do grupo. (N. do E.)

um velho amigo, que morava bem distante; passamos toda a noite falando de *Almas Mortas*, de Gógol, e lemos esse livro pela enésima vez. Naquele tempo, isso era frequente entre os jovens: quando se reuniam dois ou três, não tardava alguém propor: "Querem que leiamos alguma coisa de Gógol, senhores?", e, efetivamente punham-se a ler e assim passavam toda a noite. Havia outrora muitos, muitíssimos jovens que pareciam penetrados por alguma coisa e como se esperassem que algo acontecesse.

Às quatro da manhã voltava para casa. Eram quatro horas de uma noite primaveril petersburguesa, quase tão clara quanto o dia. O tempo estava extraordinariamente quente, e, ao entrar em casa, não me deitei, mas abri a janela e sentei-me ali. De repente, soou a campainha e, para o meu espanto, eis que irrompem no quarto Grigórovich e Nekrásov, que se atiram em minha direção, abraçam-me com entusiasmo, e quase chorando dizem-me que passaram toda a noite lendo. Primeiro, leram as primeiras dez páginas "para ver do que se tratava". Porém, depois de terem lido dez, resolveram ler outras dez, mais dez e, por fim, sem interrupção, passaram toda a noite, até a alvorada, lendo em voz alta e revezando-se quando se cansavam. "Coube-lhe ler a morte do estudante (contou-me Grigórovich mais tarde, quando ficamos a sós), e, ao chegar na passagem em que o pai sai correndo atrás do carro fúnebre do filho, noto que a voz de Nekrásov estava trêmula, não conseguia conter-se e deu uma palmada sobre o manuscrito, gritando: 'Ah, que homem!', referindo-se a você. Assim que terminamos a leitura, de comum acordo decidimos vir buscá-lo: 'Não importa se estiver dormindo, o acordaremos. Isto é mais importante que o sono!'".

Tempos depois, quando pude conviver com Nekrásov mais de perto, lembrava com espanto daquelas horas: ele é, por natureza, um homem fechado, receoso, cauto, muito pouco comunicativo. Pelo menos assim sempre me pareceu, e a julgar por isso, aquele instante do nosso primeiro encontro deve ter sido, verdadeiramente, a expressão de um sentimento profundíssimo.

Estiveram comigo cerca de meia hora, e naquela meia hora falamos de tantas coisas, sabe Deus o quê, nos expressando com meias palavras, mais por exclamações que por frases; falamos da poesia, da verdade e da "situação literária atual" e, naturalmente, de Gógol, de quem citamos partes de seu *O Inspetor* e de *Almas Morta*s; mas sobretudo de Bielínski. "Hoje mesmo levo seu manuscrito e você verá que homem, que tipo de homem é! Logo o conhecerá, e poderá ver por si mesmo que alma é a sua!", dizia Nekrásov, que pusera ambas as mãos sobre meus ombros e sacudia-me cheio de entusiasmo. "Bem, agora vá dormir; deite-se, que já estamos de saída; mas amanhã vá ao nosso encontro sem falta." Como se eu pudesse dormir depois de tudo aquilo! Que alegria, que triunfo! Recordo-me claramente que o que mais estimava era o sentimento. "Outros terão êxitos, os colocarão nas nuvens, aparecerão para felicitá-los; mas a mim esses vieram visitar-me com lágrimas nos olhos, às quatro da madrugada, e a acordar-me, porque isso é mais importante que o sono... Ah, que deleite!". Pensando assim, como poderia dormir!

Nekrásov levou o manuscrito naquele mesmo dia a Bielínski, por quem ele sentia um respeito sem limites, uma quase adoração; em sua vida, por ninguém tivera mais carinho. Naquela ocasião Nekrásov ainda não havia escrito nada da envergadura do que viria a escrever no ano seguinte. Pelo que sei, Nekrásov chegara a Petersburgo aos dezesseis anos, totalmente desacompanhado. E desde essa mesma idade, ou pouco menos, já escrevia. Sobre sua relação com Bielínski, também não sei muito, mas o certo é que desde o começo Bielínski devotou-lhe grande apreço e muito o influenciou na orientação de sua obra. Certamente que houve entre eles, apesar da juventude e da diferença de idade de Nekrásov, daqueles momentos e palavras que nos influenciam e nos unem para toda a vida com laço indissolúvel.

– Apareceu um novo Gógol! – exclamou Nekrásov, bem alto, ao entrar na casa de Bielínski com minha *Gente Pobre* debaixo do braço.

– Para você os Gógols crescem como cogumelos – observou Bielínski em tom severo, mas pegou o manuscrito.

Quando Nekrásov voltou lá aquela noite, Bielínski o recebeu com "verdadeira excitação", simplesmente emocionado:

– Traga-o, traga-o o mais rápido possível!

Assim me levaram à sua casa (já era o terceiro dia). Lembro-me que à primeira vista chocou-me muito sua figura, aquele nariz, aquela testa... Não sei por que havia imaginado de outro modo aquele crítico terrível, tremendo. Recebeu-me com ar de seriedade e reserva. "Bom, talvez seja assim mesmo", pensei; mas não havia passado, parece-me, sequer um minuto, quando já tudo havia mudado. Aquela seriedade não era a premeditada reserva de um personagem célebre, de um grande crítico que recebe a um novato de vinte e dois anos, mas que respondia, por assim dizer, ao respeito que lhe inspiravam os sentimentos que ansiava comunicar-me o mais rápido possível, as graves palavras que pensava dizer-me. Começou a falar com exaltação e com os olhos em brasa: "Mas você compreende mesmo – repetiu várias vezes no tom enfático que lhe era peculiar, como se as palavras pulassem – o que escreveu?". (Gritava sempre daquela forma quando o dominava um sentimento enérgico.) "Só com esse seu instinto direto, só como artista, pode ter escrito isto; mas você consegue abarcar também com a razão toda a terrível verdade que nos mostra? Não é possível que, com os seus vinte anos, o compreenda. Esse infeliz funcionário que nos pinta e que chega ao extremo da abnegação em função do serviço contínuo, encontra-se numa situação tal, anula-se ao ponto de não atrever-se a ter amor-próprio, a considerar-se infeliz por pura submissão, e a mais leve queixa se lhe parece coisa de livre-pensamento, ou seja, sequer ousa acreditar ter direito de se sentir infeliz; e quando surge um bom homem, o seu chefe, e lhe dá aqueles cem rublos, fica arrasado, tomado de espanto porque um homem como aquele, 'Vossa Excelência', não 'Sua Excelência', mas 'Vossa Excelência', como ele chama, possa ter se compadecido de sua humilde pessoa. E aquele botão que cai, no momento em que tenciona beijar a mão do general, já não é piedade que inspira esse desgraçado, mas horror, horror! Precisamente nessa gratidão resume-se todo o espanto! É uma tragédia! Você chegou aqui ao cerne do assunto! Nós, jornalistas e críticos, não fazemos mais do que perdermos o sono para expressar com palavras o que vocês, artistas, de um só traço, ressaltam palpavelmente a própria essência da coisa, de maneira que tudo pareça compreensível, tátil ao leitor menos acostumado a raciocinar e o faça compreender em seguida. Tal é o segredo da arte, tal é a verdade da arte! Aqui está o artista a serviço da verdade! A você, artista que é, a verdade tem se revelado; veio ao mundo com esse dom; valorize-o devidamente, seja-lhe fiel, e será um grande artista!".

Tudo isso me disse na ocasião. Tudo isso disse também depois, falando de mim, a muitos outros que ainda vivem e podem testemunhá-lo. Saí da casa dele em estado de êxtase. Parei por um instante na esquina de sua casa, olhei para o céu, para o sol luminoso, para as pessoas que passavam, e compreendi, no mais fundo do meu ser, que aquele tinha sido um momento solene na minha vida, um marco decisivo, que alguma coisa inteiramente nova havia começado; algo que nem em meus mais radiosos sonhos havia me atrevido a imaginar. (E eu era um tremendo sonhador.) "Seria verdade que eu pudesse ser tão grande?", pensava, envergonhado, numa espécie de tímido êxtase. Oh! Não riam vocês; nunca mais voltei a pensar que fosse grande; mas então, quem poderia suportar aquilo? Oh, eu me farei digno desses elogios! Mas que homens esses, que homens! Sim, são homens. Quero merecer esses louvores; esforçar-me-ei para ser um homem tão extraordinário como eles, serei "fiel". Oh, e que tolo sou ainda! E se Bielínski soubesse o inútil e torpe que sou! E as pessoas ainda dizem que esses literatos são soberbos, vaidosos e fátuos. Apesar de tudo, é verdade que tais homens, homens de peso, só existem na Rússia. Estão realmente sós, mas têm a verdade do seu lado, e esta e o bem triunfarão sempre sobre o vício e a maldade. Decerto triunfaremos. Oh, por eles, com eles!

Então pensei tudo isso. Lembro-me daquele instante com a maior clareza. Jamais pude esquecê-lo. Foi o instante mais embriagador de toda minha vida. Quando na prisão isso vinha ao meu pensamento, o espírito imediatamente se fortalecia. Ainda agora penso nele com prazer. E, transcorridos trinta anos, como se tivesse acontecido hoje, esse instante se me representa de novo, à cabeceira de Nekrásov doente. Parecia revivê-lo. Recordei-lhe o episódio rapidamente, dizendo-lhe apenas que em outro tempo havíamos vivido algo em comum, e pude comprovar que me havia entendido. Verdadeiramente eu já sabia que ele se recordava daquilo. Ao sair do presídio ele mostrara-me uma poesia de sua autoria, dizendo-me: "Quando a escrevi, foi pensando em você". E pensar que estivemos toda a vida separados. Em seu leito de doente pensará agora em seus amigos mortos.

Seus cantos proféticos ficaram inacabados.
À flor da idade caíram vítimas da traição.
Na parede seus retratos pendurados
Olham-me cheios de reprovação.

Terrível aqui a expressão *reprovação*. Fomos "leais", será que deveras o fomos? Cada um que o resolva segundo seu juízo e consciência. Mas leiam essas apaixonadas canções, e queira Deus que de novo se reanime nosso amado e apaixonado poeta. Poeta apaixonado até a dor...

(*) "O nascimento de um escritor" foi traduzido por Jorge Ortiz Pezoa, que nasceu em Santiago do Chile (1966) e vive no Brasil desde 1992. (N. do E.)

Esta obra foi impressa pela Gráfica EME, Av. Brig. Faria Lima, 1080, V. Fátima,
Capivari-SP, para a Associação Cultural LetraSelvagem, em março de 2025.